Carlsen Klartext **Social Media**

© Andreas Rickmann

Isabell Prophet, geboren 1986, lebt in Berlin und arbeitet als Journalistin. Sie ist Gastgeberin des Podcasts »RUSH HOUR – gelassen, unabhängig, selbstbestimmt«. Die studierte Ökonomin schrieb bereits für Medien wie Spiegel Online, Spiegel Wissen, Business Insider, FAZnet, t3n.de und Emotion. Für den ZEIT-Verlag entwickelte sie das bekannte Online-Magazin ze.tt. Ihre Themen sind Technologien, moderne Arbeit und modernes Leben, manchmal auch alles gleichzeitig. Im Mosaik Verlag erschien 2017 ihr erstes Buch »Die Entdeckung des Glücks«, im Jahr 2019 folgte bei Goldmann »Wie gut soll ich denn noch werden?!« über Selbstoptimierung.

Isabell Prophet

Social Media

CARLSEN KLARTEXT

Bisher in der Reihe Carlsen Klartext erschienen:
Extremismus
Fake News
Feminimus
Klima- und Umweltschutz
Schule – und dann?

Originalausgabe
Veröffentlicht im Carlsen Verlag
Juni 2023

Lektorat: Rebecca Jaacks
Dieses Werk wurde vermittelt durch die AVA international GmbH
Autoren- und Verlagsagentur, München.
www.ava-international.de
Umschlagabbildungen: shutterstock.com
© Devita ayu silvianingtyas/antishock
Umschlaggestaltung und Innenillustrationen: formlabor
Corporate Design Taschenbuch: bell étage
Satz: Dörlemann Satz, Lemförde
ISBN: 978-3-551-32143-5

Inhalt

3. Die Psyche 83

4. Die Kriminalität 124

5. Die Freiheit 153

Wer sind wir ohne Social Media?

Wer uns Menschen des 21. Jahrhunderts wirklich gut kennenlernen will, der muss ins Internet schauen. Es steht alles da: Hobbys, Wünsche, Sehnsüchte. Freundschaft, Liebe, Familie. Ziele. Ängste. Die Ratlosigkeit des Alltags, die Hoffnungen, die Ideale. Wer die Gesellschaft erforschen will, der wird online bestens mit Daten und Geschichten versorgt.

Aber was bleibt, wenn das Internet nicht mehr da ist? Denken wir einmal 2000 Jahre in die Zukunft. Wie wird man sich an uns erinnern? Vielleicht ist es ein neues Zeitalter.

Stellen wir uns Folgendes vor: Unsere Gesellschaft wird irgendwann zwischen heute und diesem Tag in der Zukunft zerstört, vielleicht durch Krieg, vielleicht durch das Wetter oder eine Pandemie. (Natürlich gibt's eine Handvoll Überlebender, sonst würde diese Geschichte ja nicht funktionieren.)

Niemand wartet mehr die Atomkraftwerke; sie zerstören sich schließlich selbst. Niemand steuert die Stromleitungen, sodass die erneuerbaren Energien nicht helfen.

Eine Weile blinkt es noch in den Rechenzentren dieser Welt. Aber die Akkus leeren sich. Irgendwann zersetzen sich DVDs. Festplatten verlieren ihre Speicherkraft, USB-

Sticks ebenfalls. Wasser dringt ein. Was einst das Gedächtnis unseres Alltags war, beginnt zu rosten.

Bald schon ist nichts mehr übrig. Und wenn unsere Zivilisation zusammengebrochen ist, fangen die Überlebenden neu an.

Was werden ihre Nachfahren der Zukunft also von uns finden? Mit sehr viel Glück entdecken sie erhaltene Bücher, Notebooks, Hanteln. Sie könnten Skateboards finden, Fahrräder, Autos, Motorräder. Auf E-Scootern kleben Aufkleber mit Instagram-Namen. In den Büchern steht etwas von »Chat-Nachrichten«. Auf dem Notebook finden sie vielleicht einen Aufkleber mit dem Hashtag #yolo. Vielleicht werden sie irgendwann auf einen Keller stoßen, in dem sie Smartphones entdecken. Vielleicht gelingt es ihnen sogar, die alten Geräte lesbar zu machen.

Aber sie werden keine Daten finden. Keine TikTok-Stories, keine WhatsApp-Chats. Alle digitalen Zeugnisse unserer Kultur sind für immer verloren. Wir werden nichts davon hinterlassen.

Wer sind wir ohne unsere Daten? Ohne Chats und Videos und Selfies und Sprachnachrichten? Die Wissenschaft der Zukunft wird vielleicht mit ähnlichen Methoden arbeiten wie die der Gegenwart: Anhand von Bauten, Gegenständen, Skeletten und Dokumenten wollen sie herausfinden, wie wir gelebt haben. Und Dokumente sind dabei entscheidend. Von den Sumerern hat man Tafeln mit Keilschrift gefunden. Die Ägypter hinterließen Schriftzeichen, gemeißelt in die Wände der Gräber ihrer Mächtigen. Die bislang ältesten bekannten Schriftzeichen entdeckte man im heutigen Bulgarien, wahrscheinlich sind sie um die 5000 Jahre alt.[1]

Meist zeigen solche Aufzeichnungen nur Handelsdaten oder das nicht ganz realistisch dargestellte Leben der Herrschenden. Handschriften gelten als authentischere Zeugnisse. Von der Kultur der Maya wissen wir zum Beispiel nur wenig; westliche Eroberer zerstörten vor knapp 500 Jahren sämtliche Handschriften – bis auf vier. Was bleibt, sind Steinmetz-Arbeiten in Tempeln. Doch was verraten sie uns über den Alltag?

Quasi nichts.

Und wir? Uns wird es ergehen wie den Maya: Wir werden ein Rätsel sein.

Jede Gesellschaft definiert sich durch ihre Kommunikation. Wie wir uns verständigen, entscheidet darüber, wie wir zusammenleben. Es bestimmt, was wir über die Menschen um uns herum erfahren und wem und wie vielen anderen wir sagen können, was wir zu sagen haben.

Ohne Soziale Netzwerke sind wir anders. Das gilt auch für jene, die sie bewusst ablehnen, denn Social Media prägt unsere Kultur. Wer sind wir ohne Social Media?

Wer Menschen verstehen will, der muss sich anschauen, was sie einander bei WhatsApp schreiben, welche Bilder sie bei Instagram mit einem Herzchen markieren und zu welchen TikTok-Clips sie tanzen. Soziale Netzwerke kennen ihre Nutzenden besser, als ihre engsten Freund*innen sie kennen. Mit »Gefällt mir«-Angaben, mit Scrollen, sogar mit einem langen Blick verraten Nutzende den Apps, was sie manchmal noch nicht einmal sich selbst verraten haben.

Soziale Netzwerke sind das prägende Medium unserer Zeit. Zuvor war Massenkommunikation etwas, das nur jenen mit Macht möglich war: Journalismus, Politik, Wirtschaft, Sport, Kunst und Kultur – wer hier erfolgreich war, der wurde gehört.

Durch Social Media wissen wir heute, dass wir nicht allein sind. Was immer eine Person gerade beschäftigt – im Netz findet sie andere, denen es genauso geht. Sie findet Beistand. Sie findet Lösungen oder moralische Unterstützung und sie erlebt: Was ich gerade fühle, das fühlen andere auch.

All dies war nur eine Generation zuvor vollkommen undenkbar. Wer bis zur Jahrtausendwende Teenager war, war mit seinen geheimsten Sorgen vergleichsweise allein.

Jungen Leuten, Frauen und Minderheiten hörte kaum jemand zu. Wie ein Teenager in Indien oder eine Mutter in Lateinamerika ihr Leben erlebten, erfuhr bei uns niemand. Polizeigewalt gegen Schwarze wurde – wenn überhaupt – lokal diskutiert. Der weltweite Aufschrei blieb aus. Und wenn eine Frau sich gegen sexuelle Belästigung gewehrt hat, entschieden in der Regel Männer, ob die Öffentlichkeit davon erfuhr und wie die Geschichte erzählt wurde. Frauen bekamen dabei wieder und wieder eine Mitschuld zugesprochen. Erst seit Frauen sich gemeinsam dagegen wehren, ändert sich die Wahrnehmung.

Traditionelle journalistische Medien bezeichnet man deshalb auch als »Gatekeeper«, also Torwächter oder Türsteher. In einer idealen Welt wäre das nicht schlimm: Unterscheiden sich Medien in ihrer Haltung und arbeiten in einer Redaktion Menschen mit verschiedenen Hintergründen und Erfahrungen, dann werden auch viele Perspektiven berücksichtigt. Redaktionen streben inzwischen danach, so divers zu werden. Nur sind sie es eben noch nicht. Social Media kann das besser: In der Bewegung #metoo konnten sich zum Beispiel viel mehr Frauen äußern. Schauspielerin Alyssa Milano machte den Hashtag bei Twitter bekannt; bald berichteten viele Medien. Das Europäische Parlament traf sich zu einer Sitzung, weil es auch Vorwürfe gegen Mitglieder gab.[2] International traten mehrere Politiker zurück, Schauspieler verloren ihre Rollen in Serien.

Früher galt: Wer mächtig war, erreichte viele.

Immer gilt: Wer viele erreicht, hat Macht.

Heute könnten wir Social Media als Demokratisierung der Massenkommunikation verstehen: Alle Macht dem Volke. Die Netzwerke sind die Technologie, die jedem und jeder die Chance gibt, gehört zu werden und die Welt zu verändern. Vielleicht gibt es sogar gerade ein Nachrichtenereignis, das von Sozialen Netzwerken geprägt ist: eine Wahl, Proteste in der arabischen Welt oder vielleicht eine Aktion, die auf die Bedürfnisse von Minderheiten aufmerksam machen soll, auf Ungerechtigkeiten oder auf Ideen für ein besseres Leben.

Social Media ist also groß, in jedem möglichen Wortsinn. Was im Netz passiert, was wir posten und erzählen, was wir uns anschauen, das prägt unsere Gesellschaft und es prägt jede Einzelne und jeden Einzelnen von uns.

Das alles klingt fantastisch. Aber es gibt Schattenseiten: Hass und Gewalt, Selbstzweifel, Neid, Einsamkeit – auch diese Dinge fördert die moderne Massenkommunikation. Gleichzeitig gilt, dass Social Media grundsätzlich freiwillig ist. Doch für viele bedeutet die Abstinenz, dass sie von Debatten ausgeschlossen sind. Sie verpassen etwas, wenn sie nicht online sind. Es gibt einen gewissen Druck, dabei zu sein.

Dieses Buch erklärt verschiedene Aspekte von Social Media. Es geht darum, wie die Unternehmen hinter den Apps ticken und welche Interessen sie verfolgen. Es erklärt, was die Nutzung mit der Psyche macht. Es thematisiert Mobbing und Cyberkriminalität. Und es zeigt auf, wie Menschen Social Media nutzen, statt sich benutzen zu lassen. Fachbegriffe und Konzepte stehen im Text, zum Beispiel aus der Wirtschaftswissenschaft und Psychologie. Ganz hinten findest du zusätzlich eine Übersicht mit wichtigen Begriffen und Erläuterungen.

»Klartext: Social Media« gibt das Hintergrundwissen, um selbstbewusst in Social Media zu kommunizieren. Es hilft zu verstehen, welche Kräfte am Werk sind, wenn sich jemand schlecht fühlt wegen der Postings anderer oder wegen ihrer Reaktionen. Und es erzählt von Menschen, die Social Media für ihre Ideale nutzen.

Wir alle wollen selbstbestimmt und frei leben und genau so auch im Netz unterwegs sein. Wer weiß, welche Mechanismen Social Media prägen, der kann sich einen Weg schaffen, dieses Ideal zu leben.

1. Die Grundlagen

Soziale Netzwerke verbinden Menschen. Wir teilen Geschichten und Bilder aus unserem Alltag, verabreden uns, verschicken Informationen oder drücken unsere Gefühle aus. Sie sind Apps, die wir auf unseren Smartphones öffnen – und darin wartet fast immer eine Überraschung.

Das erste Kapitel erklärt, was genau Soziale Netzwerke sind, welche Plattformen derzeit gängig sind, wer darin aktiv ist, wie und wofür sie genutzt werden und wie viele Menschen aktiv sind. Es schließt mit einer Timeline der Plattformen, beginnend mit ersten Vorläufern in den 1980er-Jahren, (vorläufig) endend mit TikTok.

Alltag Social Media: Wie wir heute leben und kommunizieren

Freundschaft ist online. Soziale Netzwerke verraten uns jeden Tag Neues von den Menschen um uns herum. Display entsperrt, App angetippt – und schon ist jemand da, der etwas zu erzählen hat, der zuhören mag oder Ablenkung vom Alltag bietet. Soziale Netzwerke sind ein Schmiermittel des Lebens. Und sie versprechen, dass wir niemals wirklich allein sein müssen. Wer will, kann heute noch jemanden kennenlernen, der auf der anderen Seite des Planeten lebt. Wir können etwas über das Leben anderer erfahren und uns an Lebensformen herantasten, die uns neugierig machen.

Social Media bringt uns zusammen und trennt uns wieder: Wir verabreden uns. Oder wir sagen nach einem langen Tag das Treffen wieder ab – und dann chatten wir lieber, schicken einander Sprachnachrichten, Bilder oder Videos, mal selbst aufgenommen, mal von anderen geteilt. Wir tanzen in Reels oder TikTok-Clips, wir zeigen, was wir können, und wir erzählen, was uns bewegt. Social Media ist ein sehr lebendiger Teil unserer Alltagskultur.

Das alles kann Social Media sein[1]:

Chat-Apps
Chats & Foren in Online-Spielen
Video-Apps
Bilder-Communities
Foren
Plattformen für Bookmarks
virtuelle Welten
Lernplattformen
Dating-Apps
Netzwerke in Unternehmen oder Vereinen
Nachrichten-Boards
Kommentarspalten
Blogs

… und generell alle Orte im Internet, an denen Menschen kommunizieren

Du kennst vielleicht:

Instagram TikTok Facebook
BeReal Jodel YouTube
Snapchat WhatsApp Signal

... und was gehört für dich noch dazu?

Social Media

»Social Media« wird meistens mit »Soziale Netzwerke« übersetzt. Aber mit diesem Begriff ist noch nicht viel gesagt. »Zwischenmenschliche Kommunikationsmittel« wäre die direktere Übersetzung. Das klingt sperrig, verrät aber mehr: Hier handelt es sich um Plattformen, die die Kommunikation zwischen Menschen erlauben.

Der Begriff der »Plattformen« hat sich für Soziale Netzwerke etabliert, weil sie oft als Abspielort genutzt werden, zum Beispiel im Journalismus oder von Influencer*innen und Unternehmen.

Ein »Medium« ist ein »vermittelndes Element«. Es kann also die Plattform selbst sein oder der einzelne Beitrag: Textnachrichten, Videos, Bilder und Sprachnachrichten sind gängig.

Unter Social Media verstehen wir in der Regel Apps oder Webseiten, auf denen wir eine oder mehrere Personen erreichen. Sie sind also eine moderne

Form der Massenkommunikation: Ein Beitrag wird einmal erstellt, viele Menschen können ihn sehen oder hören.

Kommunikation ist also jederzeit möglich. Niemand muss mehr das Haus verlassen und zur Nachbarin gehen. Anrufe ohne Vorwarnung sind nicht mehr nötig, vielen gelten sie sogar als unhöflich. Früher spürten Menschen eine innere Hürde, andere vielleicht zu stören. Diese Hürde ist nicht gänzlich verschwunden, sie ist aber bedeutend kleiner geworden. Kommunikation über Text- oder Sprachnachrichten ist aus der Sicht der Person, die sendet, nur eine Anfrage. Social Media ist asynchron: Man kommuniziert nicht unmittelbar und zwingend in Echtzeit, sondern kann zeitversetzt daran teilnehmen. Das fühlt sich für viele Menschen erleichternd an, weil sie Zeit haben, sich eine Antwort zu überlegen. Andere fühlen sich unter Druck gesetzt, weil Anfragen jederzeit kommen können.

Social Media hebt so die Bedingungen auf, die Zeit und Raum an Freundschaften gestellt hatten. Wir müssen nicht an einem Ort sein, um einander nahe zu sein. Wir müssen nicht gleichzeitig Zeit haben, um einander zuzuhören. Wo ein Wille ist, da fehlt nur noch das Internet. Freundschaft und Nähe werden leichter, weil Social Media ein Werkzeug für Verbundenheit ist.

Mit dem Aufstieg der Sozialen Netzwerke hat sich die Sprache verändert. Es begann in SMS, die früher auf

160 Zeichen begrenzt waren. HDGDL stand für »Hab dich ganz doll lieb«, ILD für »Ich liebe dich«, CU kurz für »see you«. Bald kamen Emojis dazu, zunächst getippt als :), später als kleines Bild. Heute sind auch GIFs normal, also eine Folge von Bildern, die sich zu einem bewegten Clip zusammenfügen. Einige Menschen erstellen Memes (gesprochen: Miems), die mitunter unzählige Male geteilt werden.

Die Geschichte der Memes

Memes sind Bilder oder GIFs, manchmal mit kurzen Texten, die als Running Gags im Internet gepostet werden. Sie tauchen bereits seit der Mitter der 1990er-Jahre im Internet auf. Damals wurden sie vor allem über Foren verbreitet. Mit dem Aufstieg von Facebook und Twitter wurden Memes massentauglich. Im Netz entstanden Meme-Generatoren, also Webseiten, auf denen die Nutzenden selbst Bilder und Texte kombinieren konnten.

Bekannte Beispiele sind das »jealous girlfriend meme«, auf dem ein Mann einer Frau hinterherschaut, während seine Freundin empört guckt, oder das »disaster girl«: ein kleines Mädchen, das verschwörerisch in die Kamera blickt, während hinter ihr ein Haus in Flammen steht. Zoë Roth – das Mädchen im Bild – verkaufte das Original des Bildes später für umgerechnet rund 460 000 Euro.[2] Dafür nutzte sie die NFT – Non-fungible Token. Sie sind eine Art digitaler Besitzurkunde. An künftigen Verkäufen wird Roth übrigens mit jeweils zehn Prozent beteiligt.

Im Trend liegen gerade die sogenannten »Dank Memes«.[3] Sie zeigen oft schlechte Bildqualität. Im Text sind sie entweder so zugespitzt, dass ihre Aussage ironisch verstanden wird oder unsinnig wirkt.

Auch Personen des öffentlichen Lebens werden immer wieder zu Memes, zum Beispiel im Jahr 2021, als sich nach der Bundestagswahl die Politiker*innen Annalena Baerbock und Robert Habeck mit Christian Lindner und Volker Wissing für erste Gespräche über eine Zusammenarbeit trafen. Markus Söder, der bayerische Ministerpräsident, ist ebenso ein beliebtes Motiv der Memes. Oft nutzen Menschen die lustigen Bilder auch, um Reichweite für ein politisches Statement zu generieren.

Smartphones sind nur Geräte, Apps sind nur Software. Aber sie sind die Verbindung zu den Menschen, die uns am Herzen liegen. So begleiten sie uns emotional durch den Alltag. Inspiration in Videos und Fotos, Musik und Texten, persönliche Nachrichten oder Informationen aus der Welt sind jederzeit verfügbar.

Mit diesem Versprechen sind die Apps zur Gewohnheit geworden: Wer auf der Toilette sitzt, der schaut automatisch aufs Display. Wer an etwas arbeitet, seien es Hausaufgaben oder ein berufliches Projekt, der greift immer wieder zum Telefon. Die Geräte und die installierten Apps fangen den gedanklichen Leerlauf auf.

Das funktioniert so gut, weil mobiles Internet an den meisten Orten in Deutschland schnell genug dafür ist.[4] Eine schnelle Internetverbindung ist also kein Luxus, sondern die Grundlage dafür, dass Menschen mit anderen Menschen kommunizieren können, über die Nachrichtenlage informiert bleiben und sich selbst mitteilen können. Kommunikationstechnologie ist ein entscheidendes Instrument der Demokratie – und der Unterhaltungsindustrie. Deshalb wird sie immer wieder weiterentwickelt, um mit den Anforderungen der Gesellschaft mitzuhalten. Und deshalb kämpfen ländliche Gegenden mit so viel Nachdruck darum, Zugang zu schnellen Verbindungen zu bekommen. Es ist ihre einzige Chance, am vernetzten Alltag teilzunehmen.

FRAGEN?

1. Gefällt es dir, jederzeit erreichbar zu sein?
2. Wie gehen deine Eltern mit Social Media um? Wie findest du ihr Verhalten?

Alle da? Fast: Zahlen und Fakten über Social Media

96 Prozent der 12- bis 19-Jährigen in Deutschland haben ein Smartphone

73 Prozent haben Computer oder Laptop (Mädchen 71, Jungen 75*)

Minuten online pro Tag: 204

** Die Quelle der Daten geht bislang von einem rein binären Geschlechtsmodell aus.*

Diese Apps nennen Jugendliche als die wichtigsten:

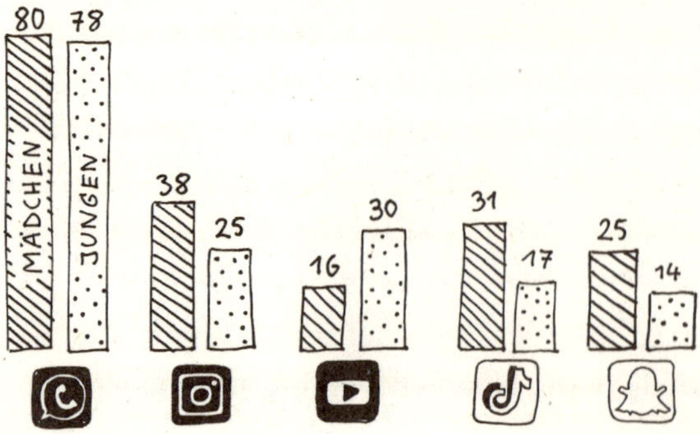

Diese Apps werden genutzt:

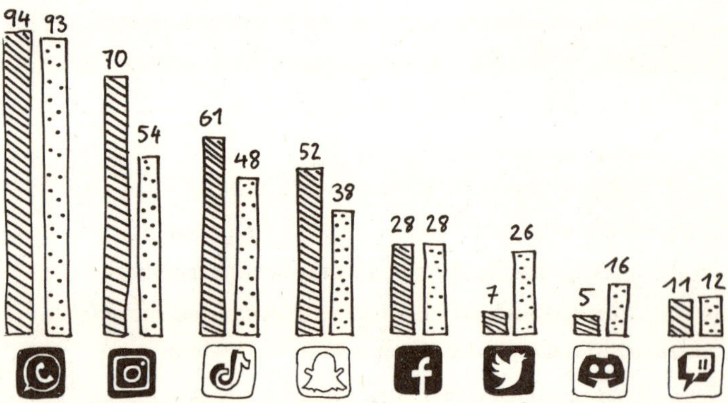

Mehr erfahren?

Wenn du die Statistiken zu Internet- und Social-Media-Nutzung spannend findest, dann schau dir die JIM-Studie an: Unter dem Titel »Jugend, Internet, Medien« untersuchen Wissenschaftler*innen des Medienpädagogischen Forschungsverbunds Südwest (MPFS), wie junge Menschen sich im Netz bewegen, welche Geräte und Plattformen sie nutzen, wie sie sich informieren und wie sie kommunizieren.[5] Die Studie erscheint jedes Jahr im späten Herbst mit neuen Daten.

www.mpfs.de

FRAGE?

Hast du manchmal das Gefühl, etwas zu verpassen, weil du auf einem bestimmten Netzwerk nicht aktiv bist?

Die Apps und wer hinter ihnen steckt

Tippen wir eine App an, dann bekommen wir nicht viel davon mit, was im Hintergrund passiert. Wir sehen Beiträge von Freund*innen. Wir sehen Posts von Redaktionen oder Unternehmen und Marken, denen wir folgen. Und wir sehen Werbung. Diese Werbung ist das erste Anzeichen dafür, dass hinter der App eben noch mehr steckt. Denn für eine gigantische Zahl von Menschen ist Social Media ein Beruf. Einige programmieren die Apps, andere legen Strategien fest, um die Plattformen attraktiv zu halten oder einen Account wachsen zu lassen.

Im Zentrum stehen die Konzerne hinter den Sozialen Netzwerken. Lange gab es das Missverständnis, Menschen seien die Kundschaft. Unternehmerisch betrachtet stimmt das aber nicht. Die Aufmerksamkeit der Nutzenden ist die Ware, die sie anbieten. So verdienen die Konzerne ihr Geld:

1. Menschen verbringen möglichst viel Zeit auf ihren Plattformen.
2. Dabei sehen sie Anzeigen –
3. und klicken sie an. Damit verdient die Plattform Geld.
4. Dann kaufen sie ein Produkt oder eine Dienstleistung. Damit verdient das werbende Unternehmen Geld.

Social-Media-Konzerne verdienen ihr Geld unter anderem mit den sogenannten Impressions: Wird eine Anzeige gezeigt, dann zahlt der oder die Werbetreibende dafür. Ein anderes Modell sind die Klicks, auch für sie wird bezahlt. Deshalb haben Facebook, Instagram und Co. ein Interesse daran, den Nutzenden möglichst viele Anzeigen zu zeigen, die zum Klick oder zum Kauf anregen.[6]

Für Menschen, die Inhalte erstellen und posten, sind diese Signale ebenfalls wichtig. Die Content Creators posten Beiträge, um Geld zu verdienen. Wenn ein Beitrag oft angesehen wird, dann zeigt die Plattform ihn anderen, ähnlichen Nutzenden an. Dieser Effekt wird durch Likes, Herzchen und Direktnachrichten verstärkt.

Content Creator

»Content Creators« sind Menschen, die Social Media zum Beruf gemacht haben. Sie erstellen Inhalte, also Videos, Fotos oder Text gezielt für die Plattform und die Menschen, die sie nutzen. Mit ihren Posts wollen sie eine möglichst hohe Reichweite erreichen. Der etwas neutralere Begriff der »Creators« löst dabei die »Influencer*innen« ab. To influence bedeutet beeinflussen – und das wird zunehmend negativ verstanden. Wer eine hohe Reichweite nachweisen kann, kann höhere Preise verlangen. Es gibt außerdem immer wieder Förderprogramme oder Kampagnen, mit denen die Social-Media-Konzerne die »Creators« unterstützen. In Kapitel 2 steht mehr über ihre Arbeit.

Auch wer keine Inhalte erstellt, ist wichtig für die Plattformen. Die Aufmerksamkeit der passiv Nutzenden ist Teil der Währung auf Social Media, denn auch sie sehen Anzeigen oder zählen zur so genannten Reichweite.

Es liegt im natürlichen Interesse der Konzerne, dass ihre Apps möglichst viele Menschen begeistern. Soziale Netzwerke sind so attraktiv, weil kluge Mechanismen dafür sorgen, dass Nutzende das sehen, was sie interessant finden. Diese Mechanismen heißen Algorithmen und sie werden immer wieder angepasst, um Unternehmenszielen zu dienen und die Apps für die Nutzenden attraktiv zu gestalten.

Im Idealfall gewinnen dabei alle: Die Unternehmen, weil sie Geld verdienen. Und die Nutzenden, weil sie eine nützliche und inspirierende App haben. (Warum es dabei aber Fallstricke gibt, liest du in den folgenden Kapiteln.)

Ein Algorithmus ist eine Formel, mit der eine Rechenoperation durchgeführt wird. Er gibt also klare Anweisungen.[7] Vergleichbar ist er mit einem Kochrezept: Mehrere Arbeitsschritte führen zu einem Ziel. Die Informationstechnik benutzt Algorithmen, um einer Software zu sagen, was sie tun soll. Der Algorithmus teilt der App mit, wie sie den Newsfeed darstellen soll.

Was nach einer gerechten, objektiven Formel klingt, hat sich in der Praxis immer wieder als Problem erwiesen. Algorithmen können gezielt mit Daten gefüttert werden, sodass sie zum Beispiel fremdenfeindlich agieren. Das geschah, als Microsoft seinen Twitter-Bot »Tay« ins Netz stellte. Tay plapperte nach, was echte Menschen ihr digital erzählten – und wurde ein Multiplikator für Hass.[8]

TikTok braucht etwa 30 Minuten, bis es sich vollständig auf die Interessen einer Person eingestellt hat. Dafür registriert die App, welche Videos angeschaut werden und welche nicht. Der Algorithmus testet dann Beiträge, die auf Interesse stoßen können. Nach etwa 30 Minuten werden nur noch selten Videos angezeigt, die aus anderen Bereichen stammen.[9] Insbesondere die Abspieldauer ist dabei wichtig. Es entscheiden also nicht die Likes, sondern die Zeit, die Menschen mit einem Beitrag verbringen.[10]

Das sagen die Macher*innen

Verschiedene Top-Leute von Technologie-Konzernen haben zugegeben, dass Smartphones und Soziale Netzwerke gestaltet sind, um suchtähnliches Verhalten auszulösen. Ex-Googlemitarbeiter Tristan Harris sagte einst, das Silicon Valley programmiere nicht Apps, sondern Menschen: »Es gibt diese Erzählung, dass Technologie neutral sei und es davon abhänge, wie man sie nutzt. Und das ist einfach nicht wahr.« Die Technologie-Konzerne »wollen, dass du sie auf eine bestimmte Art nutzt – und zwar für eine sehr lange Zeit. So verdienen sie ihr Geld«.[11]

Harris, genauso wie Instagram-Mitgründer Mike Krieger, arbeitete als junger Programmierer im »Persuasive Technology Lab«, also in einer Arbeitsgruppe, die sich mit Technologien befasste, die Menschen von einem bestimmten Handeln überzeugen sollten.[12] Und das hier sagte der frühere Facebook-Chef Sean Parker bei einer Podiums-Diskussion:

»Die Motivation bei der Entwicklung der frühen Applikationen (...) war: Wie können wir so viel Zeit und Aufmerksamkeit der Nutzer wie möglich bekommen? Das bedeutete, dass wir einen regelmäßigen Dopaminausstoß triggern mussten, weil jemand ein Bild oder einen Post likte oder kommentierte. Das führte dazu, dass mehr Leute mehr Content lieferten, die wiederum mehr Likes und Kommentare erzeugten.«[13]

Mit den Unternehmen hinter den Apps kommen wir immer dann in Berührung, wenn sich der Feed verändert. Plötzlich sind dort viel mehr Videos von Fremden als zuvor? Dann hat der Konzern entschieden, dass der Algorithmus diese Videos bevorzugen soll. Auch Veränderungen in der App sind keine technische Notwendigkeit, sondern Folge einer lang geplanten Entscheidung:

* Wie viele Zeichen passen in eine Nachricht?
* Wie viele Hashtags darf man verwenden?
* Welche Filter gibt es?

Diese Entscheidungen werden bewusst getroffen. Veränderungen sollen verhindern, dass eine App langweilig wird. Gleichzeitig setzen sie Trends in der Mediennutzung: Wenn mehr Videos als Bilder angezeigt werden, dann werden Marken oder Creators mehr Videos posten, um ihre Reichweite zu erhalten. Andere schließen sich dem an – ein Trend entsteht.

Damit eine einzige Software für jede*n das passende Ergebnis liefert, sammeln die Unternehmen Daten. Es wird getrackt, welche Profile die Nutzenden gern betrachten, welche Begriffe sie suchen, welche Beiträge sie längere Zeit betrachten oder an welchen Stellen sie Videos pausieren.[14] Sogar Aktivitäten im Internet außerhalb der App können aufgezeichnet werden. Das passiert, wenn eine andere Webseite Dienste eines Social-Media-Konzerns verwendet und die Nutzenden die Datenübertragung nicht in ihren Einstellungen verbieten. Dann sieht der Konzern, welche Artikel du liest oder welche Produkte dich interessieren. All diese Daten nutzt der Algorithmus, um Newsfeeds individuell zu gestalten.

Wer Rapper*innen folgt, der bekommt mehr Beiträge von ihnen angezeigt. Wer über News konsequent drüberscrollt, der wird sie bald nicht mehr sehen. Das gilt auch dann, wenn eine Nachrichtenseite abonniert wurde. Genauso funktioniert es bei der Werbung: Wer Anzeigen länger betrachtet oder sie antippt, der sendet damit der App das Signal, Interesse zu haben. Diese und ähnliche Werbung wird in der Folge häufiger angezeigt.

Mit diesen Daten kann der Algorithmus Gruppen von Nutzenden bilden. Praktisch sieht das zum Beispiel so aus:

1. Person A interessiert sich für Rapmusik.
2. A hat über Werbung in der App einen Kopfhörer gekauft.
3. Person B interessiert sich ebenfalls für Rapmusik.
4. B sieht dann ebenfalls Werbung für den Kopfhörer.

Weiterscrollen oder Liken: Beides sendet der App ein Signal. Deshalb ist es für jeden Creator – ob Partei oder Unternehmen, ob Selbstdarsteller*in oder Umweltverband – klug, klare Botschaften zu senden, die bei möglichst vielen Menschen auf Zustimmung stoßen. In der Folge werden sie mehr Beiträge dieser Art sehen – und jene, die ihnen ähneln, ebenfalls. Diesen Effekt können politische Gruppen nutzen, um mehr Reichweite für ihre Botschaften zu erzeugen. Schwieriger ist es dagegen, Likes für komplexe Zusammenhänge zu bekommen. Einfache, aber möglicherweise unvollständige Aussagen haben es deshalb in Sozialen Medien leichter.

Weil die Apps so viele Mitglieder und solch riesige Mengen an Daten haben, können sie solche Zusammenhänge für viele Menschen ermitteln. So werden sie immer besser darin, Dinge zu zeigen, für die die Nutzenden sich wirklich interessieren, und andere Inhalte auszublenden. Wusstest du zum Beispiel, dass es bei Instagram gigantische Communities von Menschen gibt, die angeln und mit riesigen toten Fischen für Fotos posieren?

Nie gehört?

So funktioniert der Algorithmus.

(Hashtags #angeln oder #fishing, aber mach das nicht auf leeren Magen.)

FRAGEN?

1. Tippst du in Sozialen Netzwerken oft Werbung an?
2. Ist dir aufgefallen, wie dein Verhalten in den Apps die Inhalte beeinflusst, die du siehst?

Timeline: Das Zeitalter der Plattformen

Denken wir heute an Soziale Netzwerke, dann fallen uns TikTok, Instagram und vielleicht noch Facebook ein. Die Generation der Eltern erinnert sich an Myspace und StudiVZ. Aber tatsächlich begann der Aufstieg schon, als das

Internet massentauglich wurde. Als erster Internet-Chat gilt das System »Talkomatic«, das Anfang der 1970er-Jahre erlaubte, dass mehrere Menschen miteinander in einem digitalen Raum kommunizierten.[15] In den 1980er-Jahren machte die Technologie einen großen Sprung in Richtung Social Media.

Diese Zeitleiste zeigt einige Meilensteine der Plattformen. Sie berücksichtigt nur Seiten, die wenigstens ein geringes Maß an Massenkommunikation erlauben. Eine Person hat also die Möglichkeit, mit ihren Beiträgen mehrere andere zu erreichen.

1988 IRC

Ein meist schwarzes Programmfenster, weiße Schrift (manchmal auch umgekehrt), an der rechten Seite eine Liste mit Namen: So sieht das Programm aus, mit dem Menschen sich im Internet Relay Chat treffen. Die Chatserver sind über Knotenpunkte miteinander verbunden – fällt einer dieser Knotenpunkte aus, fliegen also gleich sehr viele Nutzende aus dem Chat raus. Trotzdem war dieses System in den frühen Jahren des globalen Internets effizient, denn es erlaubte Menschen aus aller Welt, miteinander zu kommunizieren. Allerdings gab es eine Hürde: Um sich ins IRC einzuloggen, brauchten die Nutzenden ein gewisses technisches Grundwissen, außerdem die Adressen der Server und der Chaträume.

2003 Myspace

Eigentlich speicherten Menschen bei Myspace nur Daten. Später war es zudem möglich, Profilseiten anzulegen. Auf diesen Seiten konnten Nutzende Playlists oder Fotoalben anlegen und zeigen, welche Musik sie gern mochten. Es folgten ein Gästebuch und später die Möglichkeit, private Nachrichten auszutauschen. Das Netzwerk ist heute noch zugänglich und setzt seinen Fokus wieder auf Musik. Genutzt wird es jedoch nur noch von wenigen.

2004 Facebook

Facebook startete im Jahr 2004 als lokale Plattform an der Universität Harvard. Gegründet hat sie der damalige Student Mark Zuckerberg. Bald schon registrierten sich Studierende vieler Hochschulen. Zunächst war Kommunikation hier nicht möglich. Die Nutzenden legten Profile an und schickten Kontaktanfragen an andere. (Mehr über die Entwicklung von Facebook zum heutigen Meta-Konzern erfährst du in Kapitel 2.)

2005 StudiVZ

Im Jahr 2005 brachte StudiVZ das Konzept der Studierenden-Plattform nach Deutschland. Zeitweise war das Portal eine der erfolgreichsten Webseiten in Deutschland, bald folgten die Ableger »SchülerVZ« und »meinVZ«. Im Jahr 2011 überholte Facebook StudiVZ. Das lag unter anderem daran, dass das Netzwerk international war und damit für Austauschstudierende interessanter. Ab 2012 ging die Zahl der Nutzenden rapide zurück und die VZ-Plattformen konnten langfristig nicht mit der technologischen Überlegenheit Facebooks mithalten.[16]

2006 Twitter

140 Zeichen Text, so sah anfangs eine Twitter-Nachricht aus. In der Timeline wurden die Nachrichten chronologisch untereinander angezeigt. Das machte Twitter zu einem der ersten Dienste, bei dem öffentliche Status-Updates das zentrale Merkmal waren. Heute sind es 280 Zeichen und die Timeline wird nicht mehr chronologisch angezeigt, sondern nach einer speziellen Formel. Relevant ist das Netzwerk, weil sich bei Twitter Menschen mit großer Reichweite austauschen. Insbesondere aus dem Journalismus, von Unternehmen und aus der Politik sind hier viele Menschen aktiv. Tweets von Politiker*innen führen auch manchmal zur Berichterstattung in den Medien, ebenso von Künstler*innen. Mehr als 200 Millionen Menschen nutzen Twitter offiziell. Inoffiziell, das heißt: unregistriert, sind es wahrscheinlich bedeutend mehr. Im Oktober 2022 übernahm der US-Unternehmer Elon Musk Twitter. Der Milliardär sicherte sich damit eine für ihn wichtige Kommunikationsplattform, um dort die Regeln selbst zu bestimmen.[17]

2009 WhatsApp

WhatsApp bekam den Charakter eines Sozialen Netzwerks, als im Jahr 2011 Gruppenchats eingeführt wurden. Seit dem Jahr 2017 gibt es außerdem eine Status-Funktion, in der Menschen Bilder, Links und Videos für alle ihre Kontakte veröffentlichen können.[18] In Deutschland nutzen jeden Tag rund 58 Millionen Menschen WhatsApp – von denen, die online sind, also fast alle. Das wirkt sich auch auf jene aus, die die App bewusst nicht nutzen. Um zum Beispiel in Gruppen auf dem Laufenden zu bleiben oder die eigenen Eltern bequem zu erreichen, kann es zunehmend notwendig sein, WhatsApp zu installieren. Heute gehört WhatsApp zum Meta-Konzern.

2010 Instagram

Instagram war ursprünglich ein reines Fotoalbum mit Kontaktliste und Timeline. Im Unterschied zu anderen Apps bot Instagram deutlich weniger Features.[19] Instagram war damit übersichtlicher als jedes andere Soziale Netzwerk. Stories führte das Unternehmen im Jahr 2016 ein, als Reaktion auf den Erfolg von Snapchat.[20] Seit dem Jahr 2021 förderte der Mutterkonzern Meta auf Instagram vor allem Video-Inhalte[21] und Shopping. Inzwischen hat das Unternehmen aber angekündigt, sich wieder stärker auf seine Wurzeln als Foto-Community zu besinnen.[22]

2011 Snapchat

Snapchat hat in Social Media mehrere Trends ausgelöst: Videos wurden populärer, vor allem kurze. Andere Social-Media-Plattformen führten Stories ein, also kurze, tagesaktuelle Status-Updates. Die Nutzenden bekamen die Möglichkeit, Inhalte als flüchtig zu markieren, zum Beispiel in Fotos, die nur einmal für wenige Sekunden angesehen werden konnten. Heute verliert die App an Bedeutung. Doch alle diese Features bot Snapchat erstmals und wurde damit für Menschen interessant, die von der Öffentlichkeit der anderen Plattformen abgeschreckt waren.[23] Der Hype um Snapchat hat damit die Kommunikationskultur verändert.

2011 Twitch

Twitch ist ein Video-Streaming-Portal. Hier waren zunächst vor allem Gamer*innen aktiv, sie zeigten sich live beim Zocken und interagieren mit den Menschen, die ihnen zuschauen. Auch Beiträge aus dem Alltag nehmen zu. In Deutschland nutzen ungefähr vier Millionen Menschen mindestens einmal im Monat Twitch.[24] Seit dem Jahr 2014 gehört die Plattform zum Amazon-Konzern.

2014 Signal

Wer liest hier eigentlich mit? Als immer mehr Menschen ihre Bedenken um mangelnden Datenschutz äußerten, startete die App Signal. Ziel des Projekts ist es, gut verschlüsselte Kommunikation zu ermöglichen. Hinter der App steht eine Stiftung, die nahezu keine Daten sammelt. So kann sie später nicht dazu verpflichtet werden, Informationen zum Beispiel an Behörden zu geben.[25]

2017 TikTok

TikTok ist die populärste Social-Media-App der Welt – und als solche übrigens die erfolgreichste Webseite des Jahres 2021[26], zumindest nach Zugriffen gerechnet. Kurze Video-Clips, oft mit Musik oder Worten unterlegt, können hier enorme Reichweiten erzeugen. Die App machte Musiker wie Falco Punch berühmt. Sogar die Buch-Bestsellerlisten werden von TikTok stark beeinflusst. »TikTok made me buy it« ist in den USA ein beliebter Suchbegriff für Bücher und andere Produkte geworden und wird auch in Deutschland wichtiger. Die chinesische App wird von etwa zwei Milliarden Menschen weltweit genutzt. In Deutschland wird die Zahl der Nutzer*innen auf mehr als 20 Millionen geschätzt.[27] Etwa 14 Prozent der Bevölkerung und 44 Prozent der 14- bis 29-Jährigen nutzen die App jede Woche.[28]

Zensur? Findet statt

Alle Gesellschaften streiten darüber, was gesagt werden darf und was nicht. Das liegt daran, dass Menschen unterschiedlich erzogen wurden und deshalb unterschiedliche Ideen davon haben, was richtig und was falsch ist, was erlaubt sein sollte und was nicht, sogar: was gut ist und was böse.

Zwei Positionen stehen sich bei uns schwer versöhnlich gegenüber:

1. Menschen haben das Recht auf freie Meinungsäußerung. Es gilt in Sozialen Netzwerken, da sie Kommunikationsmedien sind.
2. Menschen sollen (und wollen!) aber vor Inhalten wie Hassrede oder Kriegspropaganda geschützt werden.

Dieses Spannungsverhältnis zwischen Freiheit und Schutz finden wir schon im Grundgesetz der Bundesrepublik Deutschland:

Artikel 5 des Grundgesetzes:
(1) Jeder hat das Recht, seine Meinung in Wort, Schrift und Bild frei zu äußern und zu verbreiten und sich aus allgemein zugänglichen Quellen ungehindert zu unterrichten. Die Pressefreiheit und die Freiheit der Berichterstattung durch Rundfunk und Film werden gewährleistet. Eine Zensur findet nicht statt.

(2) Diese Rechte finden ihre Schranken in den Vorschriften der allgemeinen Gesetze, den gesetzlichen Bestimmungen zum Schutze der Jugend und in dem Recht der persönlichen Ehre.

Wir sehen hier also Grundrechte, die einander – rein sachlich betrachtet – widersprechen. Sie sind Zeugnis eines gesellschaftlichen Konsenses, also von Regeln, auf die wir uns für unser Zusammenleben geeinigt haben: Es gilt die Redefreiheit, aber niemand darf beleidigt oder bedroht werden. Es ist die Aufgabe des Staates, diese Rechte durchzusetzen. Deshalb sind zum Beispiel Beleidigungen und Bedrohungen Straftaten.

Wer andere beleidigt, macht sich damit erst einmal selbst strafbar, also als Person. Das gilt auch für Posts im Internet. Doch auch die Unternehmen hinter den Plattformen können vor dem Gesetz mitschuldig sein. Renate Künast, Politikerin der Grünen, klagte wegen eines solchen Vorfalls gegen das Unternehmen Meta. Auf der Meta-Plattform Facebook waren falsche Zitate von ihr veröffentlicht worden, gemeinsam mit einem Foto. Das Unternehmen hatte diese Beiträge nicht schnell genug entfernt. Vor dem Gericht bekam Künast recht: Ihre Persönlichkeitsrechte waren verletzt worden und der Konzern muss künftig dafür Sorge tragen, dass dies nicht erneut geschehen kann.[29] Auch wegen Beleidigungen ging Künast bereits gegen Meta vor – ebenfalls erfolgreich: Der Konzern musste die Beiträge entfernen und die Daten der mutmaßlichen Täter*innen bekannt geben, um eine strafrechtliche Verfolgung zu ermöglichen.[30]

Soziale Netzwerke sind also grundsätzlich Orte, an denen Menschen sich frei ausdrücken können, dabei aber vom Gesetz geschützt werden. Zusätzlich zu den Gesetzen schränken die Nutzungsbedingungen der Unternehmen das Recht ein, zu posten, was man posten will. Die Regeln der Plattformen stehen immer wieder in der Kritik: Häufig diskutiert wird zum Beispiel, dass Frauen sich auf vielen Plattformen nicht oben ohne zeigen dürfen, Männer aber schon. Gleichzeitig bleibt organisierter Hass auf Frauen häufig folgenlos. Auch die Inhalte von trans Personen wurden oder werden bei vielen Plattformen zensiert; zum Beispiel bei TikTok wurde dieser Vorwurf häufig geäußert.[31]

Zuständig dafür ist nicht nur eine Moderation durch Menschen. Die Algorithmen der Apps sind gut darin geworden, vom Konzern unerwünschte Inhalte zu erkennen. Manchmal werden diese Inhalte entfernt – aber häufig ist die »Strafe« subtiler: Der Algorithmus schränkt die Reichweite eines Beitrags ein oder zeigt ihn schlicht im »Für dich«-Feed nicht mehr an. »Shadow Ban« heißt dieses Vorgehen – natürlich nur inoffiziell, denn Plattformen wie TikTok und Instagram haben häufig behauptet, diese Praxis existiere nicht. Bei einigen Plattformen kannst du heute nachschauen, ob deine Beiträge deine Reichweite beeinflussen.

Einige Creators haben bei TikTok eine Form von Parallelsprache entwickelt: »Algospeak«.[32] Sie hilft ihnen, die Beschränkungen durch Algorithmen zu umgehen. Hier kommt ein kleines Rätsel für dich. Für welche englischen Wörter stehen die folgenden Begriffe:

1. Panoramic oder Panini Press
2. Cornucopia
3. Leg Booty
4. Seggs
5. Le Dollar Bean

(Auflösung auf Seite 44.)

Dass die Algorithmen bestimmte Begriffe ausfiltern, ist problematisch. Es kann dazu führen, dass auch aufklärende Beiträge von Nutzer*innen weniger Reichweite bekommen. Sexuelle Gewalt ist ein Beispiel für Themen, die zwar relevant sind – in Sozialen Netzwerken aber keinen Raum bekommen, wenn sie nicht mit alternativen Begriffen erläutert werden.[33]

Leetspeak

A1+ernat1v3 §prach3 g1bt 3s 1m 1ntern3t 5chon se1t v1el3n Jahren. E5 b3gann mit der »Leetspeak«. Dabe1 w3rd3n b3st1mmte |3uch5tab3n durch Zah1en od3r Z31ch3n ersetzt, ohn3 da55 die 1nha1t3 dabe1 zu 5ehr an L35bar|<e1t v3rl13r3n. W31l Leetspeak VVand3lbar 15t, !st 513 f°u°r A1gor1thm3n \/erg1eich5w3i5e 5chw3r zu 3ntz1ff3rn.

D3r B3gr1ff Leetspeak st4mm1 von d3r Ab|<ürzun& 1337 ab. 1m 5p1e1 Counter Strike 5chr13b3n Nu1z3r*1nn3n zunäch51 Eleet st@tt Elite, spä13r nur noch Leet. Leet schr31bt s1ch i!\! Leetspeak 1337. M1+ 31n w3n1& Ü|3un9 fä11t 35 b4ld 53hr l31ch7, Leetspeak 2u 1353n. D4b31 15t da$ m3n5chl1ch3 &eh1rn Com|*u1ern b15l4n& ü8er13&3n.

Dass Algorithmen Aufklärungsarbeit zensieren, während Hass immer wieder online bleibt, zeigt, wie schwierig der Umgang mit Inhalten derzeit ist. Der Meta-Konzern steht deshalb neben Google, Amazon und Apple im Fokus der Europäischen Union. Für TikTok wird sogar immer wieder ein Verbot diskutiert[34], zum Beispiel, weil die App Nutzende zu wenig schützt und der Konzern bereits zugeben musste, sensible Daten von Journalist*innen ausgespäht zu haben.[35] Das Parlament hat strengere Regeln beschlossen, an die sich die Unternehmen künftig halten müssen, wenn sie ihre Dienste in Europa anbieten wollen.[36] Einerseits sollen potenziell schädliche Inhalte schneller entfernt werden, andererseits müssen Nutzende die Möglichkeit bekommen, sich dagegen zu wehren.

Wer anderen eine Plattform zur Verfügung stellt, muss also entscheiden, ob Inhalte stehen bleiben dürfen oder ob sie zensiert werden. Wer ein Internetforum betreibt oder einen Blog mit Kommentarfunktion, ist dafür verantwortlich, zum Beispiel Beleidigungen oder Bedrohungen zu verhindern. Und genauso ist es bei Sozialen Netzwerken: Die Plattformen müssen Beiträge von Nutzer*innen löschen, wenn sie gegen geltendes Recht verstoßen.

Inhalte zu moderieren wirkt auf den ersten Blick einfach: Sorg dafür, dass die Menschen freundlich und fair miteinander umgehen, und greif ein, wenn das nicht eingehalten wird. Auf den zweiten Blick ist die Moderation schwer: Ist ein Begriff eine Grenzübertretung? Ist er eine Beleidigung? Die Gesellschaft lernt, die Sprache wandelt sich, Werte verändern sich – und Einigkeit gibt es nicht. So ist die Moderation von Inhalten eine gesellschaftspolitische Angelegenheit: Wer darf was sagen?

Redefreiheit ist auf der Plattform Twitter ein besonders großes Thema. Twitter wurde im Oktober 2022 vom US-amerikanischen Unternehmer Elon Musk gekauft. Dieser hatte zuvor häufig kritisiert, dass Inhalte gelöscht oder Nutzende gesperrt worden waren. Musks Argument: Lediglich Beiträge, die gegen geltendes Recht verstoßen, sollten entfernt werden, denn das Volk würde andere Gesetze einfordern, wenn es »weniger Redefreiheit« wünschte.[37] Deshalb änderte er die Regeln. Schon nach kurzer Zeit wurden zum Beispiel Falschinformationen zur Corona-Pandemie nicht mehr moderiert.[38]

Zu Musks Veränderungen bei Twitter schreibt die britische Journalistin Nesrine Malik: »Das bedeutet, dass Twitter eine deutlich unangenehmere und potenziell gefährlichere Erfahrung wird.« Musk übersehe, dass Redefreiheit bedeute, dass bestimmte Freiheiten eingeschränkt werden müssten: »Wird eine Plattform zu toxisch, dann ist sie nutzlos für alle – ausgenommen jene, die ein extremistisches Getto von Hetzern wollen.« Malik fordert deshalb, die Grenzen der Redefreiheit zu verfeinern, statt sie abzuschaffen.[39]

Während der Demonstrationen gegen die chinesische Corona-Politik wollten viele Menschen Twitter nutzen. Genau zu dieser Zeit hatte der Konzern aber bestimmte Regeln und Mechanismen abgeschafft. Dies nutzten die Betreiber von Accounts aus, die Erotik-Spam verbreiten wollten. Sie taggten ihre Beiträge mit den Orten der Demonstrationen und posteten so häufig, dass die Berichte von den Protesten in chinesischer Sprache nur noch schwer aufzufinden waren.[40]

Kreml-Trolle

Ebenfalls von der Idee der Meinungs- und Redefreiheit gedeckt ist die Arbeit der sogenannten »Kreml-Trolle«. Die russische Regierung bezahlt Menschen dafür, in Sozialen Netzwerken oder auf Nachrichtenseiten prorussische Propaganda zu posten.[41] Als Trolle bezeichnet man Menschen oder Accounts, die provozieren, Falschinformationen verbreiten oder allgemein Unruhe stiften.

Die Aussage »don't feed the trolls« (Trolle bitte nicht füttern) hat das Ziel, diesen Menschen nicht zu antworten, um ihren Argumenten keinen Raum zu geben. Troll ist übrigens für manche Menschen ein Beruf: Im Auftrag von Regierungen wie der russischen arbeiten sie professionell.

Es zählt zu den Aufgaben von Politik und Gesetz, Redefreiheit zu gewährleisten. Das gelingt nur, wenn Hassrede eingeschränkt wird. Aufgabe von Unternehmen wie Twitter ist es gleichzeitig, einen sicheren Ort für politische Debatten zu schaffen. Hält sich ein privates Unternehmen ausschließlich an geltende Gesetze, dann ist ein progressiver Dialog nur schwer möglich. Gleichzeitig wären Regeln für die Moderation von Inhalten demokratisch nicht legitimiert, wenn das Unternehmen eigene erlässt.

FRAGEN?

1. Sollte eine Plattform sich bei der Moderation von Inhalten ausschließlich an geltendes Recht halten?
2. Wer soll entscheiden, welche Regeln in Social Media gelten?

3. Was sollen Moderator*innen in Zweifelsfällen bevorzugen – die Redefreiheit oder den Schutz Einzelner vor Beleidigung?

Auflösung für das Rätsel auf Seite 39:
Pandemic
Homophobia
LGBTQ
Sex
Lesbian (von Le$bean)

To-Go: Social Media verstehen

Soziale Netzwerke prägen unsere Gesellschaft und das Leben jedes und jeder Einzelnen. Menschen kommunizieren darüber, sie entdecken Neues, sie informieren sich. Und sie probieren sich aus, entdecken neue Seiten an sich. Welche App gerade im Trend liegt, ändert sich immer wieder.

Schon seit den 1970er-Jahren gibt es erste Vorläufer von Social Media. Im Fokus stand immer schon die Kommunikation. Attraktiv war schon immer das, was Menschen erlaubt, Gleichgesinnte zu finden und sich auszutauschen.

Hinter den Apps stecken Konzerne mit wirtschaftlichen Interessen. Diese verfolgen sie, um erfolgreich zu bleiben. Manchmal widersprechen diese Interessen denen der Nutzenden.

Wissen über die Apps und Plattformen hilft, den Umgang mit Social Media selbstbestimmt zu gestalten. Wie prägend Social Media für das Zusammenleben ist, wird sich auf absehbare Zeit nicht ändern.

FRAGEN?

1. Kannst du dir eine Woche oder einen Monat ohne Social Media vorstellen? Was würde dir fehlen? Wie würdest du das ausgleichen?
2. Würde dir die Pause leichterfallen, wenn deine Freund*innen mitmachten? Wer sind die Menschen, die du auf jeden Fall an deiner Seite wissen wollen würdest?

2. Die Geschäfte

Hinter den Plattformen stecken Unternehmen. Sie zählen zu den attraktivsten Arbeitgebenden, weil sie Technologien entwickeln, Kommunikation ermöglichen, aus Ideen Produkte erschaffen. Dieses Kapitel erklärt, wie sie groß wurden und warum. Wir werfen hier einen Blick in die neuere Technologie-Geschichte und schauen uns an, was die Zukunft bringen könnte.

Wichtig ist auch, wie die Konzerne ihr Geld verdienen. Sie schaffen es, aus den Interessen der Menschen Geschäftsmodelle zu entwickeln. Diese Fähigkeit wurde allerdings bei zahlreichen Gelegenheiten missbraucht, zum Beispiel um Wahlen zu beeinflussen.

Wie wird man eigentlich Milliardär?

Dies ist die Geschichte Mark Zuckerbergs. Wer die Hintergründe Facebooks versteht, der versteht, was hinter Sozialen Netzwerken steckt. Facebook verliert als Plattform an Bedeutung. Das Unternehmen aber noch nicht.

19 Jahre alt war Mark Zuckerberg, als er mit seinen Freunden Eduardo Saverin und Dustin Moskovitz »The Facebook« ins Leben rief. Das war im Jahr 2004. Im Februar

ging die Seite online, Ende April berichtete Zuckerberg bereits von mehr als 100000 Nutzenden.[1] Heute gehören unter anderem Instagram und WhatsApp zu Zuckerbergs Konzern, das Unternehmen heißt nun »Meta« und zählt zu den wertvollsten der Welt.[2]

Angefangen hatte Zuckerberg mit einer Bewertungsplattform. Er stellte die Fotos von Harvard-Studentinnen ohne deren Wissen ins Netz und forderte seine Kommilitonen auf, unter jeweils zweien die Attraktivere zu wählen.[3] Nach wenigen Tagen gab er das Projekt wieder auf, weil die Betroffenen protestiert hatten.

Zuckerbergs Idee für »The Facebook« war es nun, einen Ort im Internet zu schaffen, an dem jede und jeder Informationen über andere Menschen finden könnte. »Es ist ein Internet-Verzeichnis«, so erläutert er es damals. »Du meldest dich an, du legst ein Profil an und hinterlegst ein paar Informationen über dich. Dein Hauptfach zum Beispiel, welche Bücher du magst und welche Filme. Und am allerwichtigsten: Wer deine Freunde sind.« Dann könne man die Webseite erkunden und sehen, wer die Freunde der anderen sind. »Du siehst ihre Online-Identitäten und findest interessante Informationen über sie.«[4]

Mark Zuckerberg

Facebook-Gründer Mark Zuckerberg wurde im Jahr 1984 im US-Bundesstaat New York geboren. Sein Vater ist Zahnarzt, seine Mutter Psychotherapeutin. Zuckerberg studierte zunächst an der Universität

Harvard Informatik und Psychologie, brach dieses Studium jedoch ab, um sich ganz um sein Unternehmen zu kümmern.

Zuckerbergs Geschichte inspiriert viele junge Menschen. Insbesondere die Tatsache, dass er sein Studium abbrach und dann Milliardär wurde, ist für viele Uni-Frustrierte ein Vorbild. Bedenken sollte man dabei allerdings, dass Zuckerberg sein Studium erst zwei Jahre nach dem Start von Facebook aufgab, also im Jahr 2006. Für diese Zeit berichtet Facebook von 12 Millionen monatlichen Nutzer*innen.[5] Das Unternehmen lief also schon richtig gut. Im Jahr 2007 waren es dann 58 Millionen. Heute gehört Zuckerberg zu den reichsten Menschen der Welt.[6]

Schon wenige Jahre nach dem Start hatte sich Facebook vom einfachen Verzeichnis weiterentwickelt: »Wir helfen den Menschen, auf eine ganz andere Art zu kommunizieren«, sagte Zuckerberg 2007.[7] Im Jahr 2008, im Alter von 23 Jahren, wurde er so der bis dahin jüngste Selfmade-Milliardär der Welt.[8] 2019 löst ihn übrigens Kylie Jenner bei diesem Titel ab.[9] Damals war sie 21 Jahre alt. Für den Erfolg ihres Unternehmens Kylie Cosmetics spielte Social Media ebenfalls eine Rolle[10] – die Promi-Familie, in die sie hineingeboren wurde, allerdings auch.[11]

Am Anfang war Facebook ein Internetverzeichnis. Im Grunde bot es Webseiten für Leute, die keine eigenen Webseiten erstellen konnten. Es war eine Chance, sich selbst darzustellen. Gechattet haben die Menschen bei anderen Diensten. Zuckerbergs Innovation besteht darin, dass er später Selbstdarstellungsplattform und Kommunikationsmedium zusammengebracht hat.

Für den Erfolg von Social Media sind die emotionalen Aspekte jedoch ebenfalls wichtig: Menschen, die etwas zu sagen hatten, wurden gehört. Andere Menschen reagierten auf ihre Beiträge oder kommentierten sie, wichtige Botschaften konnten um die Welt gehen – unwichtige auch.

Dabei sind Soziale Netzwerke – zumindest ihrer Konzeption nach – frei von Einschränkungen durch Mächtige. Jede und jeder kann mit den eigenen Ideen und Geschichten viele Menschen erreichen. Auch das ist es, was Facebook erfolgreich und Mark Zuckerberg reich gemacht hat.

Alle diese Faktoren sollten die Plattform für Menschen attraktiver machen. Ziel war es also immer, dass die Nutzenden mehr Zeit auf Facebook verbringen. Wer mehr Zeit auf einer Webseite oder in einer App verbringt, ist für das Unternehmen wertvoller, weil es mehr Werbeanzeigen ausspielen kann und seinen Creators eine höhere Reichweite bietet.

Man spricht bei Social Media von einer Plattformökonomie. Wirtschaftlich betrachtet kommen hier zwei Effekte zusammen:

Netzwerkeffekte: Menschen nutzen das, was ihre Freund*innen nutzen. Sind viele Menschen bei TikTok, wird die Plattform interessanter.

Skaleneffekte: Die App wird programmiert und aktuell gehalten, das ist teuer. Wie viele Menschen sie nutzen, wirkt sich im Vergleich weniger auf die Gesamtkosten aus.

Über die Zeit verlor Facebook dennoch an Attraktivität. Zum Teil liegt das daran, dass viele jüngere Menschen kein Interesse an einer Plattform haben, auf der schon ihre Eltern aktiv sind. Außerdem wurde die Plattform mit mehr Funktionen immer unübersichtlicher und zu viele Skandale erschütterten das Vertrauen der Menschen. Das Unternehmen stellte sich frühzeitig breiter auf, um auf diesen Wandel vorbereitet zu sein.

Nebenbei kaufte der Facebook-Konzern daher andere Unternehmen, die zur Konkurrenz werden könnten oder die dem Konzern vielversprechende Technologien brachten. Im Jahr 2021 benannte sich der Konzern von Facebook um in Meta Platforms und setzte auf eine virtuelle Welt – das »Metaversum«. (Dazu erfährst du in folgenden Abschnitten mehr.)

Zu den neuen Konzernzielen zählt die Entwicklung virtueller Welten. Außerdem will Facebook selbst die notwendigen Technologien bereitstellen. Medien wiesen jedoch darauf hin, dass der Name Facebook inzwischen mit zu vielen Skandalen verknüpft war und die Umbenennung auch deshalb notwendig geworden sei.[12]

Facebooks Erfolg wird verschiedenen Faktoren zugeschrieben. Zu ihnen gehört, dass die Internetverbindungen schneller und günstiger wurden.[13] Außerdem wurde das mobile Internet für viele Menschen verfügbar und erschwinglich: Seit dem Jahr 2005 gibt es in Deutschland Flatrates für mobiles Internet. Zuvor hatten die Menschen nach Zeit bezahlt oder nach Datenmenge.[14] Beides hatte die Zeit begrenzt, die sie online verbrachten.

Ein zentraler Faktor waren die Geräte: Apple stellte das erste iPhone im Jahr 2007 vor[15] und machte große Displays, Touchscreens und mobiles Internet für mehr und mehr Menschen zu einer Funktion, die sie erst *wollten* und bald schon dringend *brauchten*. Die Mobilfunkverbindung »Edge« versprach damals schnelleres mobiles Internet, als die Menschen je zuvor gekannt hatten. Aus heutiger Perspektive klingt das ironisch – Edge ist nicht schnell. Aber damals waren Webseiten schlanker programmiert, Bilder hatten eine geringere Auflösung, Videos sah man sich nur über das Internet zu Hause an. Edge war also wirklich schnell, zumindest für die Bedürfnisse von damals. Das Internet wurde so zum ersten Mal wirklich bequem von überall nutzbar.

Das Unternehmen reagierte auf diese Veränderungen. Im Jahr 2012 informierte Facebooks Chefetage die Angestellten, dass jede neue Idee künftig von Beginn an mit einer mobilen Version gedacht und vorgestellt werden müsse.[16] Der Grundsatz »mobile first« ging um die Welt und veränderte das Denken nahezu jedes Technologie-Unternehmens.

So wurde Facebook von einer Plattform, auf der die Menschen Informationen austauschten, zu einer, über die sie sich jederzeit selbst darstellen und kommunizieren konnten. Aus Facebook *im* Internet wurde Facebook, *das* Internet.

Die Unternehmen hinter den Apps

Wer Kommunikation kontrolliert, hat Macht. Hinter den Social-Media-Apps auf dem Smartphone steht eine Reihe von Konzernen. Früher waren es sogar noch mehr Unternehmen. Im Laufe der Jahre haben große Konzerne kleinere für viel Geld aufgekauft. In der Wirtschaftswissenschaft spricht man von Konzentrationsprozessen. Dabei werden aus vielen kleinen Unternehmen immer weniger, dafür größere Konzerne.

Diese Konzerne sind dann mächtiger, weil

1. ihnen Daten von mehr Menschen zur Verfügung stehen,
2. sie Daten einzelner Personen über mehrere Plattformen hinweg zusammenbringen können und
3. sie durch verschiedene Angebote Menschen in verschiedenen Lebensphasen begleiten können.

Damit erhöht sich der Wert eines Nutzenden, vergleichbar mit dem »Customer Lifetime Value« (CLV). Dieses Konzept beschreibt, wie viel Geld jemand einem Unternehmen bringt.[17] Kauft ein Konzern eine neue Plattform, dann kauft er damit deren Daten und die Informationen über die Accounts. Die Firma kann dann versuchen, Menschen von der einen Plattform auf die andere zu locken. Und sie kann Daten, die sie auf einer Plattform erhoben hat, auf der anderen nutzen, um dort Posts oder Werbung gezielter auszuspielen. Dann erhöht sich die Wahrscheinlichkeit, dass jemand eine Anzeige anklickt.

Gleichzeitig kaufen Unternehmen Technologien und Fachkräfte ein, wenn sie andere Unternehmen kaufen. Manche kaufen Plattformen, die zur Konkurrenz werden könnten, zum Beispiel als Twitter das ursprünglich eigenständige »Tweetdeck« übernahm – ein Portal, um Tweets in Kategorien einzuteilen oder Suchbegriffe zu beobachten. Twitter hatte vormals keine eigene Benutzeroberfläche, die den Ansprüchen professioneller Nutzer*innen gerecht wurde. Außerdem hatte es Gerüchte gegeben, App-Entwickler UberMedia wolle Tweetdeck übernehmen. Das ist wichtig, weil damit eine sehr beliebte Technologie in die Hände einer anderen Firma geraten wäre. Diese Konkurrenz wollte der Konzern nicht zulassen und kaufte Tweetdeck deshalb selbst für 40 Millionen Dollar – obwohl die Plattform kein Geld verdiente.[18] Für Übernahmen wie diese sind Technologien oft deutlich relevanter als Profitabilität.

Das Geschäftsmodell der Plattform-Unternehmen ist anders, als es sich auf den ersten Blick darstellt. Was Nutzende sehen:
Wir bekommen eine Dienstleistung gratis, nämlich die App und ihre Funktionen. Das fühlt sich gut an und wir müssen nur ein wenig Werbung in Kauf nehmen.

Wie es tatsächlich ist:
*Die App wird so gestaltet, dass Menschen möglichst viel Zeit mit ihr verbringen und auch ihre Freund*innen animieren, sie zu nutzen. Das Unternehmen verkauft dann Reichweite an Firmen, die Werbung machen wollen. Social-Media-Konzerne locken also Nutzende an und verkaufen ihre Aufmerksamkeit dann an Dritte.*

Dieses Konzept stammt aus den 1830er-Jahren und wird als Aufmerksamkeitsökonomie bezeichnet. Damals startete der Herausgeber Benjamin Day die »New York Sun« als erste Boulevard-Zeitung der Welt. Sie kostete nur einen Penny und finanzierte sich statt über die Käufer*innen über Anzeigen.[19] Das klingt nach einem fairen Modell, schließlich müssen Menschen nicht viel für ihre Unterhaltung bezahlen. In unserer heutigen Zeit mit Smartphones und Social-Media-Plattformen müssen wir uns aber fragen, ob wir damit einverstanden sind, dass unsere Aufmerksamkeit gebunden wird, damit ein Konzern Geld verdient. Und ob die Gegenleistung stimmt.

Meta, Alphabet, ByteDance

Wer sind also die Konzerne, die hinter den Apps stecken? Besonders wichtig sind derzeit drei von ihnen:

1. Meta: Dazu gehören zum Beispiel Instagram, WhatsApp und Facebook.
2. Alphabet: Dazu gehören YouTube und Google.
3. Beijing Bytedance Technology: Diesem Konzern gehört TikTok.

Meta

Meta Platforms ist der Konzern, dem Facebook gehört. Was als Nebenbeiprojekt von Studierenden begann, hat heute etwa 70 000 Mitarbeitende rund um die Welt.[20] Seit Oktober 2021 nennt sich das Unternehmen Meta[21], zuvor Facebook.

Auch hinter WhatsApp und Instagram standen ursprünglich eigenständige Firmen. Facebook kaufte Instagram im Jahr 2012 für eine Milliarde Dollar[22] und WhatsApp im Jahr 2014 für etwa 19 Milliarden Dollar.[23] Und während es der Plattform Facebook zunehmend schwerfällt, neue Nutzer*innen zu gewinnen, boomen WhatsApp und Instagram weiterhin. Oculus VR gehört zu Meta (von diesem Virtual-Reality-Unternehmen und seiner Bedeutung liest du im folgenden Abschnitt). Übrigens ist auch die GIF-Plattform Giphy ein Meta-Produkt. Es gibt jedoch noch viele weitere Beispiele weniger bekannter Unternehmen, die Facebook und später Meta im Laufe der Jahre aufgekauft hat.[24]

Alphabet

Alphabet macht das Internet beherrschbar. Zu diesem Konzern gehört unter anderem die Suchmaschine Google. In seinen frühen Jahren war das Internet unübersichtlich. Soziale Netzwerke gab es noch nicht, wer Inhalte finden wollte, der musste sich lange durchklicken oder schaute in (zwangsläufig unvollständigen) Verzeichnissen nach.

Die ersten Suchmaschinen waren überladen mit Artikeln und Werbung, die schon das Blickfeld stressten, bevor man die eigene Suchanfrage überhaupt eingetippt hatte. Noch dazu belasteten sie die langsamen Internet-Leitungen unnötig. Die Menschen wollten suchen, was sie suchten – und nicht vom Webportalen mit Inhalten belästigt werden.

Und dann kam Google: ein bunter Schriftzug, ein Feld zum Eintippen und Buttons für das, wofür man gekommen war: die Suche. Mit diesem Konzept wurde Google schnell zur beliebtesten Suchmaschine. So beliebt, dass eine Websuche bis heute umgangssprachlich »googeln« heißt.

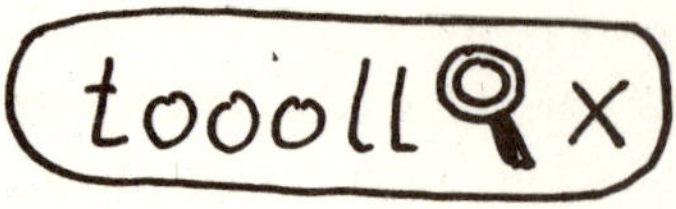

Die Suchmaschine wuchs schnell, doch das Unternehmen musste Geld verdienen. Die Technologie für Werbeanzeigen kaufte Google im Jahr 2003, die für Google Maps und Google Earth im Jahr 2004. 2006 kamen die technologische Grundlagen für Google Drive und Books hinzu.

Ebenfalls 2006 erwarb Google YouTube für 1,65 Milliarden US-Dollar[25] und wurde so zum Social-Media-Konzern. Andere Social-Media-Experimente scheiterten. Im Jahr 2011 versuchte sich Google mit einer eigenen Plattform, Google+. Der Dienst wurde anfangs gefeiert, setzte sich jedoch nie ganz durch. Die Zahl der Angemeldeten war gigantisch, zeitweise galt Google+ als zweitgrößtes Soziales Netzwerk der Welt. Aktiv genutzt wurde es jedoch im Vergleich zu diesen Zahlen kaum.[26] Im Jahr 2019 wurde es schließlich eingestellt.

Im Jahr 2015 hatten die Gründer Alphabet geschaffen und zum Mutterunternehmen für alle Google-Konzerne gemacht. Es gehört zu den größten Unternehmen der Welt.

Das erste YouTube-Video ist heute noch immer einsehbar, es heißt »Me at the Zoo«, hochgeladen von YouTube-Mitgründer Jawed Karim.[27] Der Name »YouTube« bezieht sich übrigens auf eine veraltete TV-Technologie: »Tube« ist das englische Wort für Röhre und TV-Geräte waren früher Röhrenfernseher.

Beijing ByteDance Technology

Nie gehört? ByteDance ist die chinesische Firma, die hinter TikTok steht. Die Video-App war im Jahr 2021 die erfolgreichste Webseite der Welt – mit mehr Zugriffen als Google.[28] Vorläufer der Video-Plattform waren die chinesische Schwester-App Douyin seit dem Jahr 2016 und die international bekannte App Musical.ly (ebenfalls in China entwickelt) seit dem Jahr 2014. Im Jahr 2018 führte ByteDance Musical.ly und TikTok zusammen.[29]

Von der App TikTok haben die meisten Menschen schon

gehört. Der Konzern dahinter ist in Europa vergleichsweise unauffällig – aber riesig: Zwei Milliarden Menschen nutzen eine der ByteDance-Apps (davon ist mehr als eine Milliarde auf TikTok),[30] mehr als 100 000 Menschen arbeiten für den Konzern. ByteDance war im Jahr 2021 180 Milliarden US-Dollar wert.[31] Damit wollte das Unternehmen eigentlich in den USA oder Hongkong an die Börse gehen, also Anteilsscheine ausgeben. Den Schritt sagte die Geschäftsführung ab, weil sie die Anforderungen der chinesischen Behörden an Datensicherheit nicht erfüllen konnten.[32] Die Firma hat deshalb den Prozess angestoßen, das internationale vom chinesischen Geschäft zu trennen.

Seit einiger Zeit diskutieren sowohl die Europäische Union als auch die USA inzwischen über ein Verbot der Plattform. Kritisiert wird vor allem, dass die App sensible Daten ins Ausland überträgt und immer wieder gefährliche Inhalte veröffentlicht werden, die von der Betreiberfirma nicht ausreichend moderiert werden.[33]

Die Zukunft: Alles virtuell?

Wenn es nach den Plänen mehrerer großer Technologie-Konzerne geht, soll die Zukunft Sozialer Netzwerke ein virtueller Raum sein. Die Idee: Menschen tragen Brillen, die ihnen das Gefühl geben, an einem anderen Ort mit anderen Menschen zu sein.

Der Klassenraum wäre dann beispielsweise eine dreidimensionale Übertragung, der sich alle Schüler*innen zuschalten können. Alternativ ist es möglich, über diese Headsets die Avatare anderer Personen in der eigenen Umgebung zu zeigen. Wer bei Google nach bestimmten Tierarten sucht, kann diesen Effekt mit dem Smartphone testen. Das Telefon aktiviert dann die Kamera und zeigt zum Beispiel einen Tiger im Klassenraum an – bislang allerdings nur auf dem eigenen Display. Ein Mensch, der sich an einem anderen Ort befindet, könnte eines Tages im eigenen Zimmer dargestellt werden. Dabei geht es derzeit noch nicht um Hologramme, sondern um eine Live-Aufnahme des Raumes, in dem ein Avatar der Person gezeigt wird.

Virtuelle Darstellungen sollen auch dazu dienen, weit entfernt lebende Verwandte öfter zu sehen oder in Fernbeziehungen etwas Nähe zu schaffen. Und wir können dank der Technik an zerstörte oder längst vergangene Orte reisen, sobald jemand eine digitale Version dieser Plätze geschaffen hat. Soziale Netzwerke übertrügen dann nicht mehr nur Text, Audio oder Bild, sondern alles gleichzeitig – und dreidimensional.

Menschen sind in diesen virtuellen Welten als Avatare sichtbar, also als digitale Darstellungen der Menschen. Diese Avatare werden geschaffen und gestaltet, sie zeigen also nicht zwingend exakt die Person, die vor dem Computer sitzt. Bislang werden diese Avatare manuell gesteuert. Damit echte Körperbewegungen übertragen werden können, müssten diese aufgezeichnet werden, zum Beispiel über Ganzkörper-Anzüge und Gesichtserkennung für die Mimik. Mit solchen Anzügen könnte es gelingen, Daten über Berührungen zu empfangen und an die Menschen weiterzugeben.

Neu ist diese Idee nicht: Bereits seit dem Jahr 2003 gibt es das »Second Life«, eine virtuelle Welt, in der Menschen Avatare steuern und virtuelle Leben leben konnten. Die Plattform wurde viel diskutiert und war etwa von 2005 bis 2009 sehr populär, zeitweise sollen um die 6 Millionen Spieler*innen aktiv gewesen sein.[34] Im Jahr 2015 gab das Unternehmen Linden Lab an, es seien noch 30000 bis 60000 Menschen gleichzeitig eingeloggt.[35] Ganze Wirtschaftszweige waren entstanden: Menschen kauften virtuelles Land, bauten Häuser und verkauften diese dann.[36] Auch Kleidung, Shops und Cafés waren beliebt.

Doch die Plattform kam zu früh: Technologien, um das »Second Life« zu erleben, waren nicht ausgereift und zu teuer. Das Rechtssystem war nicht bereit – es kam zu zahlreichen Streitigkeiten über Eigentum und Urheberrechte. Weil die meisten Menschen das »Second Life« an herkömmlichen Computern betraten, sahen sie nur eine Darstellung am Monitor oder Display. 3-D-Brillen waren aus verschiedenen Gründen unbefriedigend: Sie waren groß, zu teuer, die Übertragung hakte häufig. Außerdem wurde vielen Menschen schlecht davon: Sie wurden seekrank.[37] Dies betraf vor allem Frauen.[38]

Heute ist vieles davon anders. Das Internet ist in vielen Teilen der Welt schnell genug, um große Datenmengen nahezu in Echtzeit zu übertragen. Der Meta-Konzern investiert deshalb in die virtuellen Welten, ebenso Microsoft, Alphabet und Apple.[39]

Der Instagram- und Facebook-Konzern Meta spricht vom »Metaversum«. Für die Unternehmen wäre dieser Technologie-Sprung eine große Chance: Im Internet hat sich von Anfang an eine Kultur des Kostenlosen etabliert. Nachrichten, Informationen, Services – viele Jahre lang waren Menschen es gewohnt, Dinge gratis zu bekommen, die andere mit ihrer Arbeit erstellt hatten. Musik, Filme, journalistische Artikel, sogar Bücher standen gratis im Netz, zum Schaden derer, die von ihrer Arbeit leben wollten. Erst seit Kurzem ändert sich diese Wahrnehmung – wobei jedem Bezahlangebot immer eine Konkurrenz von Gratisprodukten gegenübersteht, zum Beispiel bei Medien und Journalismus oder Software und Apps.

In der virtuellen Welt könnte dies von Anfang an anders sein: Nutzende könnten zum Beispiel Eintritt zahlen, wenn sie bestimmte Treffpunkte betreten wollen. Virtuelle Kleidung könnte als Luxus-Accessoire angeboten werden. Das hätte für die Menschen durchaus Vorteile: Künstler*innen könnten Geld für ihre Arbeit verlangen, Live-Podcasts und Live-Konzerte sind denkbar.

Wenn sich diese Technologie durchsetzt, dann könnten wir vor der vierten Ära des digitalen Zeitalters stehen. Der Investor und Metaverse-Experte Matthew Ball spricht von:

1. Mainframe Computing in den 80ern (Großrechner, die nur Unternehmen oder Institutionen wie Universitäten zur Verfügung standen)
2. Personal Computing seit den 90ern (PCs für zu Hause)
3. Mobile Computing seit Einführung des ersten iPhones im Jahr 2007 (Smartphones)
4. Ambient Computing (virtuelle Welten) – das kommt erst noch.[40]

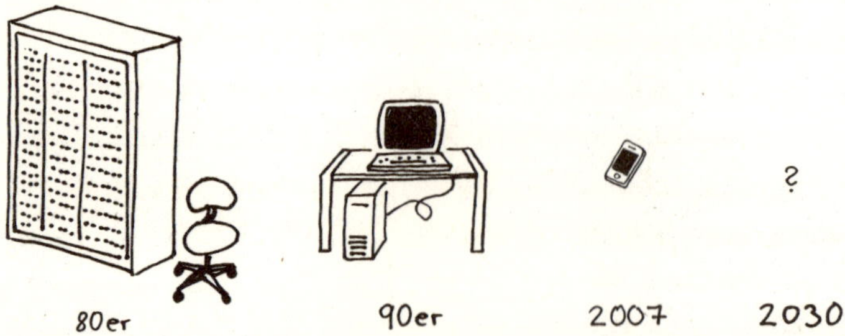

Menschen würden Computer dann nicht mehr nur bedienen und vor den Inhalten sitzen. Sie wären in den Inhalten eingebunden. Wenn sie das denn wollen.

Ob die virtuellen Welten Social Media revolutionieren, ist derzeit noch nicht klar. In der Vergangenheit haben sich vergleichbare Projekte nicht durchgesetzt.

Der Meta-Konzern schafft mit seinem neuen Versuch erst einmal Bedingungen, um das »Metaverse« attraktiv zu machen. Es lässt seine Mitarbeitenden die Meetings virtuell beitreten und hat mit »Horizon Worlds« ein Spiel bereitgestellt, in dem Menschen sich kostenlos in der virtuellen

Welt bewegen können.[41] Für den Konzern lohnt sich dieses Gratis-Angebot, weil die Nutzenden die neue Technologie testen und damit wertvolle Daten bereitstellen.

FRAGEN?

1. Kannst du dir vorstellen, bei einem Treffen lieber virtuell als körperlich anwesend zu sein?
2. In welcher Situation könnte das toll sein?
3. Was geht verloren, wenn ihr nicht körperlich dabei seid?
4. Und wenn Meta und seine Mitbewerbenden Erfolg haben: Machen sie unsere Gesellschaft mit ihrer Technologie dann besser?

Die Stimme des Volkes: Heute kaufe ich eine Wahl

Politik und Wirtschaft sind seit jeher eng miteinander verflochten. Hat ein Unternehmen gute Kontakte zur Regierung, kann es in der Politik mitreden und sogar Gesetzesentwürfe formulieren. Deshalb unterstützen viele Unternehmen Parteien im Wahlkampf. Doch wer entscheidet, wen Menschen wählen? Sie selbst, so will es einer der Grundsätze unserer Demokratie: Wahlen sollen allgemein, unmittelbar, frei, gleich und geheim sein. Das bedeutet, dass jeder Mensch (ab einem bestimmten Alter) wählen darf, dies selbst tut (also nicht, wie in den USA, über ein

»Electoral College«) und dabei selbst entscheidet, wen er wählt. Jede Stimme zählt gleich viel und niemand muss preisgeben, wer die Stimme bekommen hat.

In der Praxis funktionieren Wahlen also so: Verschiedene Parteien und Politiker*innen versuchen, möglichst viele Menschen von sich und ihrer Politik zu überzeugen. Sie klingeln an Haustüren, sie machen Werbung, sie treten öffentlich auf, sie geben Interviews oder stellen sich TV-Duellen. Und die Menschen wählen. So entsteht eine Mehrheit, ein Parlament als Volksvertretung und daraus schließlich eine Regierung.

Dieser Wahlkampf hat sich durch Social Media jedoch verändert. »Big Data«, also die Sammlung und Verarbeitung von Daten, gibt dem Wahlkampf neue Möglichkeiten.

Big Data

Als »Big Data« werden große Datensätze bezeichnet, die sehr komplexe Informationen über sehr viele Menschen beinhalten.[42] Gleichzeitig nennt man das Zeitalter der Gegenwart »Big Data«. Wir leben also in einer Zeit, in der Unternehmen sehr viel über Einzelne wissen.

Diese großen Datensätze sind für die Forschung nützlich: Mit ihnen können Wissenschaftler*innen zum Beispiel herausfinden, welche Lebensmittel in Verbindung zu Krebserkrankungen stehen, ob Menschen in bestimmten Wohngegenden eher Stresssymptome zeigen oder welches Verhalten in

Liebesbeziehungen eine Trennung wahrscheinlicher macht. Mit diesen Informationen können sie dann erforschen, ob hinter dem statistischen Zusammenhang ein kausaler Effekt steht, ob eine Sache also eine andere auslöst.

Weil mit Daten viel Gutes bewirkt werden kann, gibt es Menschen, die fordern, alle elektronisch erhobenen Daten öffentlich zugänglich zu machen. Um die Privatsphäre zu schützen, sollen bestimmte Daten nicht mehr erhoben werden dürfen und Identitäten grundsätzlich geheim bleiben.

Die Gefahr von Big Data liegt darin, dass diese Informationen missbraucht werden können. Wir wissen zum Beispiel aus der Forschung, dass Menschen in Stresssituationen unvernünftiger konsumieren und dabei mehr Geld ausgeben.[43] Diese Tatsache können Unternehmen nutzen, um erst Stress auszulösen und dann eine Lösung zu präsentieren – die dann mit größerer Wahrscheinlichkeit gekauft wird.

Für den Wahlkampf kann Big Data bedeuten: Eine Partei beauftragt ein Unternehmen, über Werbeanzeigen gezielt potenzielle Wähler*innen der Konkurrenz anzusprechen. Das Unternehmen zeigt diesen Menschen Botschaften, die sie demotivieren oder in eine traurige Stimmung versetzen. Das gelingt, weil das Unternehmen aus den großen Datensätzen weiß, was bei Wählenden der gegnerischen Partei diese Stimmungen auslöst.

Menschen davon zu überzeugen, eine andere Partei zu wählen, ist manchmal gar nicht so leicht. Zwar wächst die Gruppe der sogenannten Wechselwähler*innen. Doch viele Parteien haben trotzdem noch eine recht große Gruppe von Menschen in der Bevölkerung, auf deren Stimmen sie sich verlassen können.

Ziel einer solchen Kampagne ist es deshalb, dass die Menschen nicht zur Wahl gehen. Die Wahlbeteiligung würde sinken und im Verhältnis zum Gegner hätte die Partei, die die Kampagne beauftragt hat, mehr Stimmen. Ihre Chance, zu gewinnen, steigt.

Klingt wie eine Dystopie, eine Geschichte aus einer schlechteren Zukunft?

Sorry.

Das ist bereits genau so passiert.

Kampagne

Als Kampagne bezeichnet man eine oder mehrere Handlungen, die auf ein bestimmtes Ziel hinarbeiten sollen. Bei Werbeaktionen spricht man deshalb ebenfalls von Kampagnen. In der Zeit von Corona war von der »Impfkampagne« die Rede. Sie sollte mehr Menschen von der Corona-Impfung überzeugen und gleichzeitig die Hürden senken, diese Impfung zu erhalten.

Ein Unternehmen, das solche Wahlkampagnen umgesetzt hat, heißt Cambridge Analytica. Gegründet wurde es im Jahr 2014 in London. Und die Geschichte geht so: Der Psychologe Aleksandr Kogan hatte einen kleinen Persönlichkeitstest namens »thisisyourdigitallife« ins Internet gestellt. Etwa 320 000 Menschen machten mit. Der Test wurde über Facebook verbreitet. Er prüfte prägende Persönlichkeitsmerkmale.[44] Am Ende wurden die Teilnehmenden gefragt, ob sie ihre Daten und die ihrer Kontakte freigeben würden. Dies zu verneinen, hätte Extra-Klicks bedeutet – und wer macht die schon?

So sammelte Kogans Firma Global Science Research (GSR) Daten von rund 87 Millionen Menschen, davon etwa 310 000 aus Deutschland. Nur ein sehr geringer Prozentsatz hatte dabei selbst Kontakt mit dem Persönlichkeitstest. Die Daten der anderen bekam das Unternehmen, weil sie Kontakte der Menschen waren, die den Test gemacht hatten. Facebook gab später zu, dass auf die eine oder andere Art wohl die Daten *aller* Nutzenden abgerufen worden seien – ausgenommen jene, die selbst aktiv ihre Datenschutz-Einstellungen verschärft hatten – und wer tut dies schon?

Im Datenpaket steckten Informationen, die viele Menschen bedenkenlos im Netz preisgeben:

* Gefällt-mir-Angaben, Aktivitäten, Kontakte,
* Alter,
* sexuelle Orientierung,
* Religion,

* politische Überzeugung,[45]
* Beziehungsstatus[46]

und die Persönlichkeitsmerkmale der »Big Five«, also Offenheit, Gewissenhaftigkeit, Extraversion, Verträglichkeit und emotionale Labilität (»Neurotizismus«).

Das klingt erst einmal nicht wirklich bedrohlich, schließlich handelt es sich um Daten von sehr vielen Menschen. Die Einzelnen gehen in der Masse unter, niemand wird persönlich betrachtet.

Doch genau diese Angaben sind es, aus denen recht gut vorhergesagt werden kann, wen jemand wählen wird. Wer homosexuell ist, wird eine rechts-konservative Partei eher nicht wählen. Wer oft Seiten christlicher Organisationen mit »Gefällt mir« markiert, könnte mit größerer Wahrscheinlichkeit eine christliche Partei wählen.

Die Sozialwissenschaft erforscht Zusammenhänge dieser Art. Und diese Beobachtungen können Expert*innen dazu verwenden, Vorhersagen zu treffen. Es ist gar nicht schlimm, wenn der Algorithmus dabei für einzelne Personen danebenliegt – solange die Zusammenhänge grundsätzlich stimmen, können mit solchen Daten Wahlen in eine bestimmte Richtung manipuliert werden. Die Kunden müssen nur noch sagen, was sie wollen, und dann bekommen einzelne Nutzer in den Sozialen Netzwerken genau die Werbeanzeige gezeigt, die ein bestimmtes Verhalten bei ihnen auslösen soll.

Die Daten verkaufte Kogans Firma GSR an einen Konzern namens Strategic Communication Laboratories Group (SCL). Zu dieser Unternehmensgruppe gehörte Cambridge

Analytica, bei der die Informationen landeten. Und hinter Cambridge Analytica steckten Menschen, die in den USA aktiv in die Politik eingreifen wollten, um den konservativen Republikanern einen Vorteil zu verschaffen.[47] Sie gaben das Geld. Ziel einer der Kampagnen war es, Wähler*innen der gegnerischen Partei vor der Wahl zu demotivieren, sodass diese ihre Stimme gar nicht erst abgaben. Gezeigt wurden also gezielt Posts, die ein Gefühl der Sinnlosigkeit erzeugten. Demobilisierung von Wähler*innen nennt man diese politische Strategie. Ist sie erfolgreich, sinkt die Wahlbeteiligung – und zwar zulasten der politischen Gegenseite.

Ein anderes Beispiel ist eine Lobbygruppe, die die Dienste nutzte. Ihr Ziel: militärische Wertvorstellungen zu stärken und politische Kandidat*innen zu unterstützen, die dieses Ziel ebenfalls mittrugen.[48] Um gezielt zu werben, zahlten sie Cambridge Analytica Geld.

Doch dann flog alles auf, Menschen weltweit protestierten, es gab Anhörungen. Der Facebook-Konzern schloss die Daten-Schnittstelle im Jahr 2018. Sowohl SCL als auch Cambridge Analytica meldeten in der Folge Insolvenz an.

Das deutsche Portal Netzpolitik.org kommentierte die Vorgänge schließlich so: »Die Frage lautet nicht mehr, wie viele Daten von Nutzern Cambridge Analytica gezogen hat, sondern wer noch alles und wie oft, wer diese Daten weiterverkauft hat und wo sie jetzt gegen die Nutzer verwendet werden.«[49]

Geld verdienen mit Daten

So sehen die Geschäftsmodelle in solchen Fällen (grob beschrieben) aus:

1. Zunächst einmal erstellt jemand den Fragebogen, dafür bekommt diese Person Geld von einem Unternehmen X.
2. Jemand programmiert die App, auch dafür gibt's Geld von X.
3. Wenn die Nutzer*innen den Datensatz füllen, wird dieser wertvoll.
4. Das Unternehmen X verkauft den Datensatz an ein Unternehmen Y.
5. Das Unternehmen Y nutzt die Informationen, um gezielt Werbeanzeigen zu gestalten und zu schalten.
6. Dafür, dass es diese Anzeigen schalten darf, bezahlt es Geld an die Plattform, zum Beispiel Facebook.
7. Ein Unternehmen oder eine Institution Z beauftragt die Anzeigen und bezahlt wiederum das Unternehmen Y.

8. Z hat selbst einen Vorteil davon, wenn die Anzeigen funktionieren.

Wirtschaftlich betrachtet gewinnen also alle – nur nicht die Menschen, deren Daten benutzt und deren Verhalten beeinflusst wird.

FRAGEN?

1. Ist es in Ordnung, Ziele zu verfolgen und dafür persönliche Daten anderer Menschen einzusetzen?
2. Wer darf das? Wer darf das nicht?
3. Werbung war schon immer ein Versuch der Verhaltensmanipulation: Menschen sollten dazu angeregt werden, Produkte zu kaufen oder Parteien zu wählen. Wo liegt die Grenze dieser Beeinflussung?
4. Es gibt Menschen, die fordern, sämtliche elektronisch erhobenen Daten für die Wissenschaft öffentlich zu machen. Welche Regeln müssten gelten, damit dies möglich ist? Was sollte öffentlich sein – und was nicht?

Das Geschäft der Personenmarken

Nicht nur große Konzerne machen Geschäfte. Influencer*in auf Social Media sein ist für viele Menschen ein Traumjob: Fotos und Videos machen, um die Welt reisen, gratis Produkte bekommen und zu Partys mit interessanten Menschen eingeladen werden – das klingt toll und es klingt nach wenig Arbeit. Gleichzeitig sind die Influencer*innen Vorbilder für viele, sei es in Bezug auf Mode, das Essverhalten, Sport oder Lifestyle. Auch der Aktivismus ist interessant: Wer viel Reichweite auf Instagram hat, hat Einfluss, kann seine Ideale vertreten und in der Gesellschaft etwas verändern.

Menschen wie Falco Punch, Lisa und Lena (TikTok), die Sportlerin Pamela Reif (YouTube) und Modeikone Farina von Nova Lana Love (Instagram) erreichen jeden Tag viele Millionen Menschen. Die Fotos und Videos zeigen Leben, die für andere Menschen erstrebenswert sind. Schöne Körper, interessante Bilder und Texte mit Kraft: Wer Influencer*in ist, der wird gehört.

Influencer*innen & Personenmarken

Influencer*innen sind Menschen, die auf ihren Social-Media-Accounts für Produkte anderer Firmen werben. Sie machen Fotos und Videos und preisen das Produkt an. Dafür bekommen sie Geld. Bei den Fans soll der Eindruck entstehen, es handle sich um eine persönliche Empfehlung oder eine »Partnerschaft«. Tatsächlich sind die Unternehmen in vielen Fällen Werbekunden der Influencer*innen.

Der Begriff »Influencer« stammt vom englischen Begriff »to influence« ab und bedeutet übersetzt »beeinflussen«. Influencer*innen sind also Menschen, deren Job es ist, im Auftrag von Unternehmen die Meinungen und das Konsumverhalten anderer zu beeinflussen. Um von dieser Haltung wegzukommen, wählen viele inzwischen den Begriff der »Creators«, also Menschen, die Inhalte erstellen. Werbung auf Instagram wird in Deutschland als solche gekennzeichnet. Das regeln Gesetze.[51] Aber auch im Selbstverständnis vieler Creators gehört diese Offenlegung inzwischen dazu. Sie wollen nicht nur werben, sie gehen verantwortungsbewusst mit ihrer Reichweite um und wollen auch informieren oder aufklären.

Wer mit seiner Identität im Netz auftritt, beschäftigt sich fachlich meist mit »Personal Branding«, also der Schaffung einer Personenmarke. Diese ist dem Menschen hinter dem Account vielleicht ähnlich, entspricht ihm aber nicht völlig. Professionelle Creators entscheiden bewusst, was sie von sich preisgeben und was privat ist.

Wichtig sind nicht nur die Großen. Auch »Mikroinfluencer*innen« spielen heute eine große Rolle: Gemeint sind Kanäle, deren Followerzahlen zwar nicht in die Hunderttausende gehen, deren Arbeit für ihre Zielgruppe aber große Bedeutung hat. Viele leisten wertvolle Bildungsarbeit, weil sie über Themen oder Perspektiven aufklären, die in der breiten Debatte übersehen werden.

In einer Befragung gaben 92 Prozent der 14- bis 29-Jährigen an, dass ihnen bewusst ist, dass Influencer*innen Geld bekommen, um für Produkte zu werben. Für 56 Prozent galt dies als normaler Beruf. Und 35 Prozent würden selbst gern als Influencer*in arbeiten.[52] Der Job sieht von außen nicht nach Arbeit aus. Das macht ihn attraktiv, aber diese Selbstdarstellung ist hart. Wer Social Media zum Beruf machen will, der braucht ansprechende Fotos und Videos – und zwar nahezu täglich, hergestellt mit guter, teilweise sehr teurer Ausrüstung: Beleuchtung, Kamera, Ton, Programme für den Schnitt. Videos müssen gut produziert sein und benötigen für die Barrierefreiheit selbstverständlich Untertitel und Beschreibung. TikTok-Star Falco Punch schätzte in einem Interview, dass er für 15 Sekunden Video manchmal drei bis sechs, manchmal bis zu zwölf Stunden arbeitet.[53] Wer jeden Tag ein solches Video veröffentlicht, hat also den Arbeitsaufwand dazu. Und das ist nur der sichtbare Teil.

Andere stellen zum Beispiel Bücher vor, die sie von Verlagen zur Rezension erhalten haben. Unter dem Hashtag #Bookstagram beziehungsweise #booktok posten sie dann ihre Buchtipps. In solchen Projekten stecken oft viele Stunden unbezahlter Arbeit.

Schöne Bilder allein begründen keinen Erfolg mehr, denn Menschen wollen heute mehr von Social Media.

Starke Themen, inspirierende Botschaften, gute Geschichten. Viele, die Erfolg haben, planen ihre Inhalte in Redaktionskonferenzen. Auch wenn in der Regel eine Person im Fokus des Social-Media-Accounts steht, gehören zu einem großen Account häufig Kolleg*innen mit Fachwissen, zum Beispiel Grafiker*innen, Autor*innen oder Techniker*innen aus den Bereichen Foto, Audio und Video. Der Aktivist Raúl Krauthausen beschäftigt für seine Arbeit außerdem zwei Sensitivity Reader*innen, also Menschen, deren Job es ist, darauf zu achten, dass nicht unbeabsichtigt die Gefühle Dritter verletzt werden (mehr zu Raúl Krauthausens Arbeit liest du in Kapitel 5).

Gleichzeitig stehen die Influencer*innen untereinander in Konkurrenz um die Aufmerksamkeit der Menschen und das Geld der Konzerne. Sie müssen bei ihrer Arbeit die Anforderungen der Plattformen beachten: Reichweite bekommt, wer nach den Regeln der Algorithmen spielt. Bei Instagram bedeutet das zum Beispiel, dass alle verfügbaren Formate genutzt werden und Posts mit einer gewissen Regelmäßigkeit erscheinen.

Sonderfall Aktivismus

Neben den kommerziellen Creators gibt es politische und gesellschaftlich aktive, zum Beispiel YouTuber Rezo oder Luisa Neubauer bei Twitter und Instagram. Sie werden aber primär als Aktivist*innen wahrgenommen und weniger als Influencer*innen.[54]

Internet-Aktivismus funktioniert, weil Menschen ihre Reichweite nutzen, um andere auf ein Thema aufmerksam zu machen. Sie schreiben dafür Postings oder filmen Videos zu ihren Botschaften. Diese Botschaften werden als »teilbar« bezeichnet. Sie regen also andere dazu an, die Posts zu verbreiten. So werden Probleme und Lösungsansätze in der Gesellschaft bekannter.

Wer viel Reichweite hat, der beeinflusst damit das Leben und die Gefühlswelt vieler Menschen. Die Menschen, die in den großen Accounts ihre Leben, ihre Gedankenwelten und ihren Lifestyle zeigen, sind für viele Menschen Vorbilder.

»Das ist ein 24-Stunden-Job«, sagt Ann-Katrin Schmitz, Managerin für Socia-Media-Marketing und Influencer-Marketing. Sie machte gemeinsam mit Farina Opoku die Marke NovaLanaLove groß. Ihren eigenen Kanälen @himbeersahnetorte und @babygotbusiness folgen mehr als 135000 Menschen (mehr über die Arbeit von Ann-Katrin Schmitz erfährst du in Kapitel 5). »Ab einem gewissen Punkt gibt es kein Zurück mehr: Wenn du einmal einen Kanal aufgebaut hast und als Personenmarke etabliert bist, dann musst du kontinuierlich Inhalte produzieren. Du musst mit Hasskommentaren und Mobbing umgehen können.«

Wo beginnt die Verantwortung? »Da müssen wir uns fragen, wo Relevanz beginnt«, sagt Ann-Katrin. »Wer viele Menschen erreicht, trägt die Verantwortung im Großen.« Reichweite habe aber auch, wer nur seine Freund*innen erreicht. »Auch hier gibt es Verantwortung für Informationen und Fehl-Informationen, aber auch die Repräsentation des Selbst. Jeder Mensch trägt Verantwortung für das, was er postet.«

Wer sich für den Beruf entscheidet – oder spürt, dass die eigenen Worte andere Menschen beeinflussen –, müsse für sich festlegen, welche Themen die eigenen sein sollen. Und welche nicht. »Man sollte im Netz nicht über Dinge sprechen, über die man zu wenig weiß«, sagt Ann-Katrin. Als Beispiel nennt sie politische Themen oder die Ernährung: »Es ist schließlich schwer einzuschätzen, welchen Einfluss das auf andere Leute hat.«

Wer Reichweite hat, der müsse Verantwortung konzeptionell und strategisch denken. Das bedeutet: Wer mit Social Media arbeitet, der muss sich trauen, unternehmerisch an Themen ranzugehen. Wer strategisch denkt, der hat Leitlinien festgelegt,[55] sie beziehen sich also auf die grundsätzliche Idee und das langfristige Ziel eines Auftritts in Social Media. Mit »konzeptionell« ist eine feinere Ebene gemeint: Sie legt fest, was in der Alltagsarbeit wichtig sein soll.

Strategie und Konzeption

Ein Beispiel aus dem analogen Alltag: Wer introvertiert ist, aber seine Noten in Erdkunde verbessern möchte, könnte als Strategie festlegen, dass er oder sie durch Wissen und Sorgfalt beeindrucken möchte.

Dabei sollen Wortmeldungen eine kleine Rolle spielen und schriftliche Arbeiten eine größere.

Ein Konzept könnte dann vorsehen, sich in jeder Unterrichtsstunde einmal zu beteiligen, zum Beispiel bei reinen Wissensfragen, weil die mehr Sicherheit geben.

Ein zweites Konzept zielt dann auf die schriftlichen Arbeiten ab, ihr Aussehen, ihre Professionalität und das kleine bisschen »Mehr«, mit dem die Defizite im Mündlichen ausgeglichen werden sollen.

Wer Verantwortung in Sozialen Netzwerken strategisch und konzeptionell denken will, der muss sich also darüber klar werden, wofür ein Auftritt im Netz grundsätzlich stehen soll, welche Fähigkeiten vorhanden sind und welche es braucht. Folgende Fragen sind dafür hilfreich:

* Worüber möchte ich im Netz sprechen?
* Worüber möchte ich nicht sprechen?
* Habe ich die nötige Expertise?

»Wenn jemand über Sport und Ernährung sprechen möchte, dann ist es wichtig, darauf hinzuweisen, dass es sich um eine subjektive Sicht handelt«, sagt Ann-Katrin. »Und dann sollte man Themen auslassen, über die man nicht genügend weiß.«

Auch die Sicht der anderen sei wichtig:

* Wie sehr vertrauen mir die Menschen?
* Was macht das, was ich zeige, (vielleicht) mit anderen?

Ann-Katrin hat für ihre Beiträge eine kleine Übung entwickelt: »Auf meinen Kanälen folgen mir etwa 135 000 Menschen. Die stelle ich mir visuell in diesem Stadion vor. Und dann überlege ich mir: Würde ich diese Sätze vor so vielen Menschen aussprechen? Oder traue ich mich das gerade nur, weil der Bildschirm eine Distanz zu diesen Leuten herstellt?« Das Gleiche gelte für die Selbstdarstellung: »Würde ich mich vor 135 000 Leuten morgens im Bett fotografieren und dieses Bild dann zeigen? Würde ich mich im Bikini in dieses Stadion stellen? Wenn die Antwort Ja lautet, dann ist alles cool. Dann mach das.« Wer so reflektiert habe, der könne für sich selbst und andere die Verantwortung übernehmen.

»Das Internet braucht noch viel mehr Expert*innen in Nischen«, sagt Ann-Katrin. »Menschen, die über Themen sprechen, die noch nicht auserzählt sind.« Wer Content Creator werden will, müsse Leidenschaft für ein solches Thema mitbringen und das dazugehörige Wissen. »Und dann ist es nicht schwer, konkrete Themen zu finden.«

To-Go: Hinter Sozialen Netzwerken stecken Unternehmen mit eigenen Interessen

Soziale Netzwerke sind ein Teil des Alltags. Menschen brauchen Social Media, um in Kontakt zu bleiben und ihre Botschaften in die Welt zu tragen. Die Plattformen ermöglichen das. Hinter jeder App steht jedoch ein Unternehmen. Folgende Mechanismen prägen das Wirtschaftsgefüge hinter Sozialen Netzwerken:

Unternehmensziele

Diese Unternehmen verdienen ihr Geld damit, dass Menschen

* möglichst viel Zeit in den Apps verbringen,
* dabei möglichst viele Inhalte betrachten und
* möglichst häufig Werbung anklicken.

Zu diesem Zweck werden die Plattformen immer weiter optimiert.

Während die Unternehmen ihre Ziele verfolgen, gestalten sie ihre Apps nicht immer so, wie es gut für die Nutzenden wäre. (Um die möglichen Auswirkungen wird es in Kapitel 3 gehen.)

Wachstum & Konzentration

In der Wirtschaft kommt es immer wieder zu Konzentrationsprozessen: Große Unternehmen kaufen kleinere auf und werden so mächtiger. Dies gibt ihnen mehr Möglichkeiten, Daten über Menschen zu sammeln und gewinnbringend zu nutzen, zum Beispiel für Werbung oder um die Nutzenden dazu zu animieren, mehr Zeit auf der Plattform zu verbringen. Für Social Media ist so der Megakonzern Meta entstanden, zu dem zum Beispiel Facebook, Instagram und WhatsApp gehören.

Erfolgsfaktor Technologie

Entscheidend für den Erfolg der Unternehmen war nicht nur das Konzept Social Media, das es Menschen erlaubt, mit ihren Interessen Gehör zu finden. Wichtig sind auch die Technologien. Menschen sind öfter auf Social Media unterwegs, seit Mobiltelefone mit großen Bildschirmen und Touch-Bedienung Standard sind und das mobile Internet schnell (und günstig) genug ist, um große Datenmengen in kurzer Zeit zu übertragen. Chats lösten dann die SMS ab, weil die kleinen Textnachrichten schlicht günstiger waren als eine SMS, die früher 19 Cent kostete und nur 160 Zeichen erlaubte.

Beeinflussung als Geschäftsmodell

Produkte wurden schon immer angepriesen. Aber heute wissen Unternehmen so viel über Menschen, dass sie diese Daten dafür einsetzen können, ihre Produkte besser zu verkaufen. Nicht immer ist dies wirklich im Interesse der Kundschaft. Das Phänomen »Big Data« erlaubt es den Firmen, auf sehr große Datensätze zurückzugreifen. Sie können eingesetzt werden, um Wahl- und Konsumverhalten zu beeinflussen. An einem solchen Vorgang verdienen alle Beteiligten, weil es um Macht und Gewinne geht.

FRAGEN?

1. Ist es besser für die Nutzenden, wenn ein Unternehmen viele Plattformen hat? Oder sollten große Konzerne lieber zurück in kleinere Firmen zerschlagen werden? Was spricht für eine Zerschlagung? Was spricht dagegen?
2. Sollten die Gesetzgeber Soziale Netzwerke regulieren?
3. Sollten die Einflussfaktoren von Algorithmen öffentlich gemacht werden?
4. Wenn du Datenschutz-Meldungen auf einer Webseite bekommst – schaust du sie dir an? Warum? Warum nicht?
5. Sind Konzerne dafür verantwortlich, wenn es den Nutzenden ihrer Produkte schlecht geht?
6. Weißt du, wie Sicherheit und Datenschutz in deinen Apps eingestellt sind? Schau mal nach!

3. Die Psyche

Soziale Netzwerke befriedigen im Gehirn Bedürfnisse: Menschen wollen Kontakt haben, sie wollen sich eingebunden fühlen. Wer keine Langeweile zulässt, verhindert damit aber, dass Erlebnisse im Gehirn verarbeitet werden. Sind Menschen häufig in Sozialen Netzwerken aktiv, sind sie mit größerer Wahrscheinlichkeit ängstlich, neidisch und unglücklich. Dieses Kapitel erzählt, was die Wissenschaft über Social Media weiß und wie wir die Apps nutzen können, um uns wirklich besser zu fühlen. Du erfährst auch, ab wann die Nutzung kritisch ist und wo du in solchen Fällen Hilfe bekommst.

Allererste Hilfe

In diesem Kapitel geht es um das, was Social Media und das Internet mit der Psyche machen. Und so wertvoll beide für unsere Gesellschaft sind – es geht uns nicht immer gut damit. Wenn du zwischendurch das Gefühl hast, du möchtest mit jemandem reden, kannst du auf dieser Seite nach Hilfe suchen:

https://erstehilfe-internetsucht.de/: Auf dieser Seite tippst du auf »Hilfsangebote finden«, dann auf »Suche«. Bei der Postleitzahl solltest du zusätzlich einen Kilometerrahmen angeben. Du bekommst dann eine Liste mit Beratungsstellen in deiner Nähe.

Wenn du lieber telefonieren möchtest, kannst du montags bis samstags zwischen 14 und 20 Uhr die Nummer gegen Kummer anrufen: **116 111**.

Der Anruf kostet nichts. Rangehen wird jemand, der zwischen 16 und 27 Jahre alt ist und für diese Arbeit ausgebildet wurde. Angebote in anderen Ländern findest du hier: **www.116111.eu**.

Und hier **https://www.nummergegenkummer.de/onlineberatung/** findest du Informationen zur Beratung per Chat.

Mach dir einen Knick in die Ecke dieser Seite, dann findest du die Angebote schnell wieder.

Fragen zu deiner Social-Media-Nutzung

Dies ist kein Quiz, es gibt kein Richtig oder Falsch und kein Besser oder Schlechter. Die Fragen sind nur für dich. Sie sollen dir nichts beweisen und dienen keiner Argumentation. Sie sind nur eine Einladung, einen Teil deines Alltags aufmerksam zu betrachten.

Nervt es dich, wenn Menschen in deinem Umfeld häufig auf ihr Smartphone-Display schauen?

Hast du manchmal das Gefühl, dass dir jemand am Telefon nicht zuhört, weil er oder sie von Sozialen Netzwerken abgelenkt ist?

Hast du anderen schon einmal vorgeworfen, dass Social Media sie ablenkt?

Hast du in den vergangenen Monaten erlebt, dass du nicht mit dem Scrollen aufhören konntest, obwohl du gefühlt alles gesehen hattest?

Hält dich Social Media manchmal von den Hausaufgaben ab? Oder vom Lernen?
Denkst du, das wirkt sich auf deine Noten aus?

Gehst du manchmal auf Social Media, weil es besser ist als das, was du gerade eigentlich zu tun hättest?

Wie fühlst du dich, wenn du die Beiträge anderer ansiehst?

Machen deine Gefühle einen Unterschied zwischen Beiträgen der Menschen in deinem Umfeld und den Beiträgen von Influencer*innen oder Firmen?

Hast du ab und zu Schuldgefühle wegen der Zeit, die du mit Sozialen Netzwerken verbringst?

Ärgerst du dich manchmal über dein Verhalten auf Social Media?
Wie oft pro Woche, pro Monat?

Hat sich deine Familie schon einmal darüber beklagt, wie oft du auf dein Smartphone schaust?

Wie viel Zeit verbringst du wirklich in Sozialen Netzwerken? Die meisten Telefone haben eine Funktion, die dies anzeigt.

Haben sich deine Freund*innen schon einmal darüber beklagt, wie oft du auf dein Smartphone schaust?
Verteidigst du dich dann (innerlich oder mit Worten)?
Wie?
Warum?

Hast du mal ein wichtiges/interessantes/schönes Ereignis nicht mitbekommen, weil du auf dein Display geschaut hast?

Tipp mich an: Wie Anreiz & Belohnung funktionieren

Wenn du eine Social-Media-App nutzt, dann beobachte einmal deine Gefühle, wenn du ein Bild oder ein Video postest. Kannst du präzise beschreiben, was in dir vorgeht?

* Wie fühlt es sich an, das Posting-Icon anzutippen?
* Wie geht es dir in der ersten Minute?
* Wie fühlt sich der erste Like an?

Wenn du das Smartphone weglegst, hast du deinen Post dann noch im Kopf?

Jeder Mensch beantwortet diese Fragen unterschiedlich. Und je nach Tageslaune oder Lebensumständen fällt die Antwort wieder anders aus. Wer verliebt ist, der wird vielleicht öfter nachschauen, ob der Schwarm die Story gesehen hat – oder sich fragen: Warum nicht? Wer auf einer aufregenden Reise ist, der denkt vielleicht gar nicht mehr daran, was aus dem Clip oder dem Foto wird.

So unterschiedlich Menschen sind: Es gibt einige Reaktionen, die für viele Leute gleich sind. Nicht gleich stark, aber die Richtung ähnelt sich. Und diese Tatsache wird bei der Gestaltung von Produkten genutzt.

Anreiz und Belohnung gehören zu den wichtigsten Steuerelementen menschlichen Handelns. Soziale Netzwerke sind so gestaltet, dass sie diese beiden Faktoren ansprechen. Jeder Beitrag ist ein klassisches Beispiel dafür:

Stell dir vor, du postest ein kurzes Video. Du bist aufgeregt. Und das fühlt sich gut an, denn du erwartest Likes und Kommentare. Während du wartest, schüttet dein Körper das Hormon Dopamin aus: Die Erwartung der Belohnung fühlt sich gut an.

Vielleicht hast du gerade einen Snack gekauft und willst ihn zu Hause essen. Oder du planst eine Party, einen Ausflug, ein Treffen mit anderen. Eigentlich ist noch gar nichts passiert, aber du bist schon glücklich. Dieses gute Gefühl ist der Anreiz, den auch Soziale Netzwerke uns bieten. Sie sind ein Versprechen.

Hormone

Hormone sind Botenstoffe. Sie werden an verschiedenen Stellen im Körper ausgeschüttet, zum Beispiel im Gehirn oder in der Schilddrüse. Bei einem bestimmten Reiz schüttet ein Organ diese Botenstoffe aus. Sie wandern dann in den Blutkreislauf. Geraten sie an eine Stelle im Körper, die für ein bestimmtes Hormon empfänglich ist, dockt dieses an und löst eine Reaktion aus.

Das klassische Beispiel ist die Begegnung mit einem gefährlichen Tier. Stell dir vor, jemand sieht einen Löwen und erschrickt sich. Die Hypophyse, ein

Teil des Gehirns, regt die Nebenniere dazu an, Adrenalin und Cortisol auszuschütten. Diese Hormone machen aufmerksam und signalisieren dem Herzen, dass es schneller schlagen muss. Außerdem blockieren sie die Verdauung, denn wer kämpfen oder weglaufen muss, der hat keine Zeit, aufs Klo zu gehen. Deshalb nennt man sie auch Stresshormone.

Im nächsten Schritt könntest du tatsächlich belohnt werden. Dein Video bekommt viele positive Reaktionen, der Snack schmeckt großartig, die Party macht Spaß, der Ausflug ist schön, das Treffen auch. Du fühlst dich wohl und geborgen. Du fühlst dich sicher, sowohl deiner selbst als auch der Menschen um dich herum.

Dafür ist das Hormon Oxytocin verantwortlich. Man bezeichnet es auch als Kuschelhormon. Es fühlt sich gut an. Das ist die Belohnung, die auf das Versprechen folgt.

Deshalb posten viele Menschen so gern Bilder von sich selbst. Jede »Gefällt mir«-Angabe ist eine Bestätigung: Du bist okay. Du bist nicht allein. Da sind Menschen, die dich mögen und die dich gut finden. Diese Feststellungen waren in der Evolution des Menschen unglaublich wichtig. Nur wer in einer Gruppe akzeptiert war, konnte überleben.

Die Wissenschaft hinter »Kein Bock, mach ich später«

Wenn jemand eigentlich gerade etwas zu tun hätte und sich dann in Social Media wiederfindet, dann ist das ganz normales menschliches Verhalten. Der Psychologe Klaus Grawe hat fünf menschliche Grundbedürfnisse formuliert. Zu ihnen gehören Lustgewinn und Unlustvermeidung. Scrollt jemand also durch Social Media, statt aufzuräumen, dann schiebt er oder sie die nervige Aufgabe auf und wendet sich etwas zu, das angenehmere Gefühle verspricht.

Die anderen Grundbedürfnisse laut Grawe sind übrigens Bindung, Orientierung und Kontrolle, Selbstwerterhöhung.[1] Auch ihnen dient Social Media: Menschen fühlen sich einander verbunden, finden Orientierung bei anderen und können sich selbst so darstellen, wie sie gesehen werden wollen – und dafür Liebe bekommen, zumindest in Form von Likes.

Bekämen wir immer eine Belohnung, würden sich die Effekte allerdings abschleifen. Die Psyche braucht ein gewisses Element der Überraschung, um die positiven Gefühle wirklich zu spüren. Würden wir auf Sozialen Netzwerken also immer ungefähr das Gleiche erleben, verlören sie bald ihren Reiz. Deshalb bemühen sich die Konzerne hinter den Plattformen um Abwechslung, indem sie die Spielregeln immer wieder anpassen.

Damit keine Langeweile aufkommt, sind Algorithmen auf Sozialen Netzwerken so eingestellt, dass die Reichweite einem Element des Zufalls unterliegt, sagt der Computerwissenschaftler Jaron Lanier, der als einer der Pioniere des Internets gilt.[2] Manchmal erreicht ein einzelner Beitrag also weniger Nutzer*innen als sonst. Oder es dauert ungewöhnlich lange, bis andere Menschen auf ihn reagieren. Das liegt dann möglicherweise daran, dass der Algorithmus den Post zunächst nur wenigen gezeigt hat. Umgekehrt signalisieren außergewöhnlich erfolgreiche Beiträge den Nutzenden, dass »mehr« möglich ist, wenn sie sich anstrengen. Laut Lanier soll dieses Element der Unsicherheit Menschen dazu verleiten, häufiger zu posten, um ihren Kick zu bekommen. Spannend daran: Selbst, wenn wir die Mechanismen des Zufalls genau kennen, suchen wir die Gründe für Erfolg und Misserfolg trotzdem bei uns selbst. Nerdwort dazu: *Kausalattribution*. Wir erfinden einen Zusammenhang.

Die Psychologie spricht hierbei von »intermittierender Verstärkung«, dieses Konzept wird beim Erlernen von Handlungen eingesetzt: Die Belohnung erfolgt dabei nicht immer, sodass die guten Gefühle mit einer gewissen Frustration gemischt werden. Der Lernprozess dauert so länger; das Gelernte wird dadurch aber stabiler im Gehirn verankert.[3] Anders als beim Lernen in der Schule geht es hier also nicht darum, sich Wissen anzueignen. Ziel ist es, bestimmte Verhaltensweisen oder Gewohnheiten anzutrainieren. Genau nach diesem Prinzip arbeiten Glücksspiel-Automaten: Der Hormonkick der Überraschung macht es schwerer, aufzuhören.

Challenges

Der englische Begriff »Challenge« steht für Herausforderung. Richtig Spaß machen Tanz-Challenges wie der »Jiggle Jiggle«-Song von Louis Theroux oder »Say so« von Doja Cat. Für die Teilnehmenden entsteht ein Gefühl der Gemeinschaft.

Ernster und mitunter sogar (lebens)gefährlich sind Videos wie die der »Choking Challenge«: Teilnehmende sollen sich einen Strick um den Hals legen und ihn enger ziehen, bis sie ohnmächtig werden. Immer wieder starben Kinder und Jugendliche, nachdem sie diese Videos gesehen und die Handlungen nachgemacht hatten.[4] Bei der »Tide Pod Challenge« schluckten Jugendliche Waschpulver-Tabs. Auch dabei starben Menschen.[5]

Der Reiz der Challenges liegt erneut in der versprochenen Belohnung: Wer ein Video zu einer Challenge postet, stellt sich selbst als mutig und verrückt dar. Dies wird häufig belohnt mit Likes und Kommentaren – also Anerkennung.

Warum scrolle ich eigentlich noch?

Quizfrage: Warum sitzen jüngere Menschen tendenziell länger auf der Toilette als jene, die vielleicht schon im Rentenalter sind?

Antwort: Wir schauen auf Social Media. Eigentlich nur ganz kurz, aber dann bleiben wir doch hängen. Beziehungsweise: sitzen. Das hat ein Kloschüsselhersteller mittels Sensoren herausgefunden.[6]

Social-Media-Nutzung fühlt sich manchmal wie eine Sucht an – und das ist gewollt. Apps funktionieren dann gut, wenn sie bei den Nutzenden Verhalten auslösen, das der Sucht ähnelt.

Verhaltenssüchte werden als Störung der Impulskontrolle angesehen[7]: Eine Person gibt also dem nach, was ihr gerade einfällt. Für Soziale Netzwerke kann das bedeuten, dass jemand die App startet, obwohl er oder sie eine warnende Stimme im Kopf hört. So sehen die Anzeichen für eine Sucht nach Social Media aus:

* Jemand vernachlässigt wichtige Aufgaben.
* Online-Kontakte fühlen sich wichtiger an als Freundschaften aus dem Leben vor Ort.
* Ohne Social Media zeigen sich Entzugserscheinungen, zum Beispiel Gefühle von Angst, Nervosität oder Aggressivität.
* Um in Sozialen Netzwerken aktiv zu sein, nimmt eine Person negative Folgen in Kauf, zum Beispiel Angst oder Schlafentzug.
* Andere Hobbys treten in den Hintergrund oder fallen weg.
* Die Person lügt über ihre Internetaktivität.

Diese Faktoren nennt die Bundeszentrale für gesundheitliche Aufklärung (BZgA).[8] Sind einzelne erfüllt, muss man noch nicht direkt von Suchtverhalten sprechen. Der Verdacht liegt dann aber nahe, dass die betroffene Person die Kontrolle verlieren könnte. In der Studie »Jugend, Internet,

Medien« gaben 72 Prozent der Menschen zwischen 12 und 19 Jahren an, dass sie oft länger vor dem Smartphone-Display sitzen, als sie geplant hatten.[9] 44 Prozent gaben an, dass nächtliche Nachrichten sie manchmal nerven, und ebenfalls 44 Prozent sagten, sie schalteten ihr Telefon ungern aus, aus Angst, etwas zu verpassen.

Fomo – die Angst, etwas zu verpassen

Menschen sind getrieben von Neugierde. Wir wollen wissen, was passiert. Je näher uns ein Ereignis ist – räumlich, zwischenmenschlich oder emotional –, desto dringender wollen wir davon erfahren. So entsteht die fear of missing out, *fomo*. Sie löst Stress aus: Wer Angst hat, etwas zu verpassen, bleibt *always on*, geht zu jeder Party und zu jeder Veranstaltung. Es geht hier also um Dinge, die Freude machen, die schön sind – die in der Masse aber vielleicht zu viel werden. Oder die im Fall von Social-Media-Apps dazu führen, dass wir Posts durchscrollen, die nerven, weil wir auf einen Beitrag hoffen, der wirklich wichtig ist.

Teil unserer Kultur ist inzwischen übrigens auch das Gegenteil: *jomo*, die joy of missing out. Manchmal sind Menschen froh, etwas zu verpassen. Sie erkennen an, dass sie es vermutlich interessant fänden oder genössen – und sie lassen es trotzdem bleiben.

Niemand meldet sich bei Sozialen Netzwerken an, um in ein Suchtverhalten zu geraten. Es passiert auch nur einem Teil der Nutzenden. Was allerdings gut belegt ist:

Soziale Netzwerke sind dazu gemacht, zur Sucht zu verleiten.

Bei Kartoffelchips ist es ähnlich: Gut ausgebildete Expert*innen arbeiten daran, das ganze Erlebnis so zu gestalten, dass wir es immer wieder wollen. Mal geht es um Geschmacksexplosionen, mal um Glückskicks. Die Entwickler*innen haben gezielt Mechanismen geschaffen, die Suchtverhalten auslösen, und dabei mit Fachwissen über die Psyche gearbeitet. Deshalb ist es so wahnsinnig schwer, Suchtverhalten entgegenzuwirken.

Wenn du das Gefühl hast, selbst Anzeichen von Sucht zu zeigen – oder dies in deinem Umfeld beobachtest –, kannst du versuchen, das Suchtmittel loszuwerden. Der Informatik-Professor Cal Newport rät zu einem radikalen Technologie-Entzug: runter mit den Apps, 30 Tage Pause.[10] Danach könne man nach und nach wieder einführen, was wirklich fehlt. Allein ist das natürlich sehr schwer. Aber vielleicht geht es nicht nur dir so, sondern auch guten Freund*innen.

30 Tage sind vielleicht im ersten Moment die Hardcore-Variante eines App-Entzugs. Aber gemeinsam mit den wichtigsten Menschen weißt du immer: Von ihnen verpasst du nichts.

Anders ist die Lage, wenn sich Entzugserscheinungen melden. Nervosität, Zittern, Ängste vielleicht. Dann kann es sich lohnen, sich bei einer Beratungsstelle Hilfe zu holen. Anlaufstellen findest du auf Seite 84.

FRAGEN?

1. Wenn du eine Social-Media-App startest: Was fühlst du? Was suchst du? Was erwartest du?
2. Wenn du die App wieder schließt: Hast du bekommen, was du gesucht hast?

Ging schon mal besser: Wie Social Media und Unglück zusammenhängen

Lass uns für den Anfang einen Mythos entkräften: Social Media macht krank, wird häufig behauptet. Doch geht es Menschen schlecht, dann liegt der Ursprung der Probleme in der Regel nicht im Internet.

Journalistische Medien diskutieren häufig noch darüber, was Social Media mit Menschen macht. Doch inzwischen sind sich Wissenschaffende verschiedener Fächer überwiegend einig, dass Soziale Netzwerke meist nicht die

Ursache für psychische Belastungen sind. Das bedeutet: Wer psychisch beansprucht ist und viel auf Social Media schaut, der ist nur in den seltensten Fällen *wegen* der Netzwerke krank. Dass psychische Phänomene und Social Media zusammenhängen, ist dagegen gut belegt. Unklar ist bislang, was Ursache ist und was Wirkung.

Wer wars? Zusammenhang und Kausalität

Es ist wichtig, die Mechanismen der Wissenschaft zu durchschauen, um die Debatten um Social Media zu verstehen. Bei Studien gilt oft: Ein Zusammenhang lässt sich leicht nachweisen. Aber die Kausalität, also Ursache und Wirkung, muss aufwendiger erforscht werden.

Ein klassisches Beispiel: Muskulöse Menschen trinken oft viel Wasser. Aber Wasser allein lässt die Muskeln nicht wachsen. Es gibt hier also ein verbindendes Element, das für beide Beobachtungen ursächlich ist: den Sport. Schweißtreibender Sport macht durstig und kann dabei helfen, Muskeln aufzubauen.

Wer Wissenschaft verstehen will, der muss hinterfragen, wie es um Zusammenhang und Kausalität steht und ob Letzteres in einem Experiment überhaupt geprüft wurde. Werden in einer Region viele Störche gesichtet, während gleichzeitig viele Kinder geboren werden, heißt das noch nicht, dass die Störche die Kinder bringen. Es handelt sich also um eine Scheinkausalität.

Social Media spielt für Phänomene wie Angst und Einsamkeit eine Rolle. Zusammenhänge und Ursachen, also Kausalität, sind aber nicht abschließend geklärt. Was war zuerst da? Die psychische Belastung oder zwanghaftes Verhalten in einer Social Media-App? Und wenn es Letzteres ist – was löst dieses zwanghafte Verhalten aus? Nur für einen sehr kleinen Teil der Nutzenden ist es die App. Gleichzeitig ist es sehr schwer, der negativen Stimmung zu entkommen. Die Algorithmen stellen sich darauf ein, dass jemand Videos in düsterer Stimmung oder mit traurigen Themen länger ansieht – und spielen diese dann häufiger aus.[11]

Hyperaktivität, soziale Ängste oder Depression können das Verhalten im Internet beeinflussen. In diesem Fall würde ein geringeres psychisches Wohlbefinden gleichzeitig mit einer exzessiven Nutzung auftreten. Und möglicherweise würde diese Nutzung dazu beitragen, dass sich ein Mensch noch schlechter fühlt. Sie ist dafür aber nicht zwingend *ursächlich*. Werden die Ursachen behandelt, beobachten Psycholog*innen bei Jugendlichen eher, dass sich das Verhalten auf Social Media ebenfalls ändert.[12] Würde man nur den Zugang zu Social Media einschränken, würde aber bei den meisten Betroffenen eine psychische Belastung nicht verschwinden.

Tippt jemand auf ein Soziales Netzwerk, dann schwingt manchmal die Hoffnung auf Verbundenheit mit, Spaß oder Ablenkung von Dingen, die gerade nerven. Wie die Mechanismen dahinter funktionieren, hast du im vorherigen Abschnitt gelesen. Die Hoffnung auf positive Gefühle wird regelmäßig enttäuscht und das fühlt sich nicht gut an. Das ist für jeden Menschen so.

Ob und wie stark jemand von einer negativen Erfahrung belastet wird, hängt aber von vielen Faktoren ab. Einige Menschen ziehen aus ihren schlechten Gefühlen die Erkenntnis, die Plattform weniger zu nutzen. Andere schauen häufiger rein, in Erwartung der emotionalen Belohnung. Einige fühlen sich schlecht, andere nehmen vielleicht aktiv Kontakt zu einem Freund oder einer Freundin auf, um sich den kleinen »sozialen Kick« selbst zu holen.

Social Media löst Gefühle aus. Wie wir mit diesen Gefühlen umgehen, entscheidet darüber, welchen Einfluss die Apps auf unser Wohlbefinden haben.

Das Unerwartete macht Social Media für so viele Menschen reizvoll. Genau darin liegt aber das nächste Problem. Denn während es sich vielleicht gut anfühlt, ermutigende Posts von Vorbildern zu sehen, lassen sich bedrückende oder schockierende Inhalte nicht automatisch ausfiltern. Wir können dem Internet nicht sagen: Heute fühle ich mich empfindlich, bitte heitere mich auf, verschone mich mit perfekten Körpern und halte schlechte Nachrichten von mir fern.

Neid und die Angst, nicht schön, schlau oder sportlich genug zu sein, werden mehr und mehr mit Sozialen Netzwerken in Verbindung gebracht. Junge Männer haben das Gefühl, nicht muskulös genug zu sein, Frauen die Sorge, nicht schön oder schlank genug zu sein.[13] Dies kann Untersuchungen zufolge mit höheren Raten von Angst und Depression zusammenhängen. Beobachtet wurde außerdem, dass Teenager*innen, die häufiger auf Social Media sind, auch im Alltag stärker nach Bestätigung durch andere suchen.[14]

In Sozialen Netzwerken orientieren Menschen sich an Vorbildern, die ihre Bilder oft bearbeitet haben oder die in schmeichelhaftem Licht aufgenommen wurden. Dazu kommt: In den Newsfeeds sieht sich eine einzelne Person immer den Inhalten vieler Menschen gegenüber. Wer eine oder keine Urlaubsreise im Jahr macht, der sieht Bilder von vielen Dutzenden Reisen vieler Menschen. Dass viele andere ebenfalls wenig reisen, bleibt im Feed unsichtbar. Der Vergleich passt also nicht, tut aber möglicherweise weh.

Trigger

Im Wortsinn ist ein Trigger etwas, das etwas anderes *auslöst*. Kneifst du dich in den Arm, dann triggert dies Schmerz – das Gehirn warnt dich, das lieber bleiben zu lassen. Auf Social Media versteht man unter Triggern Posts, die ungesundes Verhalten oder emotionalen Schmerz auslösen. Das kann passieren, wenn sie an traumatische Ereignisse erinnern oder beispielsweise Essstörungen und selbstverletzendes Verhalten beschreiben. Einige Menschen schreiben deshalb »tw« vor Posts, das Kürzel für »Triggerwarnung«, oder »cn«, Content Note, also eine Notiz zum Inhalt.

In der Psychologie sind Triggerwarnungen umstritten, weil der Begriff inzwischen so häufig verwendet wird, dass sich seine Wirkung abnutze.[15] Dabei ist die Frage zentral, ob eine Triggerwarnung nur vor gefährlichem Verhalten schützen soll oder auch vor schlechten Gefühlen. In der Gesellschaft sieht das ganz anders aus: In Sozialen Netzwerken oder für Kulturgüter wie Bücher und Serien wünschen sich viele Menschen Triggerwarnungen, um Inhalte besser einordnen zu können.

Die gute Nachricht: Wir können die Mechanismen des Algorithmus benutzen, um uns selbst News- und Discovery-Feeds zu gestalten, die guttun, statt zu stressen. Das braucht ein wenig Disziplin und bewusstes Verhalten – klappt dann aber ziemlich gut.

So gehts:

Du schaust für einige Tage bewusst und ausschließlich jene Inhalte an, die du sehen willst. Und du ignorierst alles, was du nicht mehr sehen willst. Und mit ignorieren ist gemeint: Bleib nicht einmal kurz an diesen Beiträgen hängen. Tipp, wisch, scroll einfach weiter. Der Algorithmus lernt, dass du kein Interesse an diesen Themen hast, und zeigt sie dir seltener an.

Das hilft, um zum Beispiel Sehgewohnheiten zu ändern. Wer immer wieder Menschen sieht, die einem bestimmten Schönheitsideal entsprechen, der hält dieses Bild unterbewusst vielleicht für einen »Normalzustand« oder für erstrebenswert. Wir vergleichen uns. Und weil gefühlt alle anderen so perfekt aussehen, verlieren wir bei diesem Vergleich.

Das kann das Selbstwertgefühl belasten. Ein Team von Computerwissenschaftler*innen hat beobachtet, dass Menschen, die häufiger auf Social Media aktiv sind, sich mehr mit anderen vergleichen.[16] Aber Tatsache für die meisten Menschen ist: Wir wollen ja auf Social Media sein. Deshalb ist es so wichtig, sich die Plattformen zurechtzulegen. Wer immer nur einen Körpertyp sieht, der kann das Gefühl entwickeln, am Vergleich zu scheitern. Wer dagegen die ganze Bandbreite menschlicher Schönheit vor Augen hat, findet für sich selbst leichter einen Platz darin. Dabei kann Social Media uns helfen – wenn wir die Apps und ihre Algorithmen entsprechend erziehen.

Der Zusammenhang zwischen psychischen Belastungen und Internetverhalten ist also extrem komplex.

Die Aussage »Social Media macht ängstlich und depressiv« ist wahrscheinlich falsch. Zumindest deuten darauf die meisten Studien hin. Eine andere Aussage lässt sich aber mit größerer Wahrscheinlichkeit treffen:

»Auf Social Media zu verzichten kann bei Angst und Traurigkeit helfen.«

Darauf deuten Experimente hin. Für eines von ihnen haben 74 Menschen eine Woche lang auf Social Media verzichtet, genauer gesagt auf Facebook, Instagram, TikTok und Twitter. Ein Team von Psycholog*innen fragte davor und danach nach bestimmten Faktoren, mit denen sie das Wohlbefinden und Gefühle von Angst und Depression messen wollten. Eine Kontrollgruppe von 66 Menschen füllte den Fragebogen ebenfalls aus, aber ohne ihr Internet-Verhalten zu ändern.

Nicht alle Teilnehmenden hielten sich an die Regeln, einige von ihnen schauten dennoch für wenige Minuten in die Netzwerke. Trotzdem konnten die Wissenschaftler*innen einen Effekt messen: Wer (weitgehend) auf Soziale Netzwerke verzichtet hatte, dem ging es nach nur einer Woche deutlich besser als zuvor. TikTok war dabei übrigens der entscheidende Faktor, wenn es um Angst ging: Wer TikTok weniger nutzte, der fühlte sich in den folgenden Tagen weniger ängstlich. Das Forschungsteam vermutet, dass dies mit dem »Doomscrolling« zu tun hat: Dabei scrollen oder wischen Menschen immer weiter und weiter durch ihre Feeds und sehen so irgendwann Posts, die Ängste schüren.[17]

Social Media kann auch direkte persönliche Kontakte ersetzen. Wer mit jemandem sprechen will, der ist nicht gezwungen, sich mit dieser Person zu treffen. Wir sprechen dabei von »asynchroner Kommunikation«: Zwei Menschen kommunizieren, müssen dabei aber nicht zeitgleich anwesend oder aufmerksam sein. Außerdem haben sie Zeit, eine wohlüberlegte Antwort zu formulieren und emotionale Reaktionen vorzufiltern. So sehen wir das kurze Stirnrunzeln nicht mehr, das ein Satz vielleicht ausgelöst hätte, hören das spontane Lachen nicht und spüren nicht, wenn wir beim Gegenüber Unsicherheit auslösen.

Deshalb fühlt sich asynchrone Kommunikation vielleicht sicherer an. Sie kann aber zum Problem werden, wenn Menschen es nicht mehr gewohnt sind, Emotionen in den Gesichtern anderer zu lesen. Erste Studien deuten darauf hin, dass dabei die Fähigkeit leidet, Gefühle des Gegenübers zu erkennen.[18] Die gute Nachricht: Schon nach wenigen Tagen in einem Outdoor-Camp ohne Smartphones besserte sich diese Fähigkeit wieder.[19]

Der Wert des Leids: Unsicherheit macht uns konsumfreudig

Social Media kann uns fröhlich machen, neugierig oder traurig, unsicher, wütend, engagiert. Alles hängt an den Posts: Sie zeigen Ausschnitte des Lebens, sie sind auf den Punkt gebracht, sie verraten uns etwas und das bewegt uns. Die meisten Menschen, die etwas ins Netz stellen, wollen genau das: andere bewegen. Diesen Effekt können Unternehmen aber ausnutzen. Facebook hat das getan – für eine Studie: Der Meta-Konzern hat Menschen traurig gemacht. Während eines großen Experiments im Jahr 2012 versetzte Meta (damals Facebook) 155000 Menschen in eine traurige Stimmung. Warum? Weil sie wissen wollten, ob es geht.[20] Insgesamt wirkte der Konzern auf die Stimmung von etwa 700000 Menschen.[21]

Das Unternehmen bezeichnet dieses Experiment als wissenschaftliche Studie. Rechtswissenschaftler weisen darauf hin, dass die Nutzenden nicht wirklich informiert in ein solches Experiment eingewilligt hatten, auch wenn das Unternehmen diese Möglichkeit in seinen Nutzungsbedingungen nennt.[22] In der Wissenschaftsgemeinschaft gilt dies als schwerer ethischer Verstoß.[23]

Für das Unternehmen war es einfach, diesen Versuch durchzuführen: Bei einigen Teilnehmenden filterte es Posts mit Signalwörtern aus, die auf Positives hindeuten. Bei anderen filterte es Posts heraus, die auf negative Inhalte schließen ließen. Menschen sahen also nur noch ein stark gefiltertes Bild der Wirklichkeit. Dann wertete Facebook aus, wie die Testpersonen auf Beiträge anderer reagierten und was sie selbst posteten. Ergebnis: Manipulation gelungen. Wer traurig werden sollte, der wurde das in der Regel. Eine solche Beeinflussung der Gefühle hat negative Folgen für die Betroffenen, die in diesem Fall noch nicht einmal wussten, dass sie Teil einer Studie waren.

Wir können uns jetzt einmal fragen, warum ein Unternehmen so überhaupt handeln sollte. Welches Interesse sollten Konzerne daran haben, dass sich ihre Nutzenden schlecht fühlen? Der gesunde Menschenverstand sagt: Unternehmen geht es dann gut, wenn sich ihre Kundschaft mit der Marke wohlfühlt.

In dieser Aussage versteckt sich eine Annahme, die für Soziale Netzwerke so nicht zutrifft: dass normale Alltagsmenschen die Kund*innen des Unternehmens wären.

Die Nutzenden einer Plattform sind nicht die Kundschaft, das wurde bereits im Abschnitt zur Aufmerksamkeitsökonomie erläutert. Will ein Plattform-Unternehmen also, dass seine Kundschaft sich wohlfühlt, dann muss es an die Interessen der werbetreibenden Unternehmen denken. Und eben nicht an die der Menschen, die die Plattform nutzen.

An dieser Stelle kommt die Verhaltenswissenschaft ins Spiel. Denn wer sich einsam fühlt, traurig oder unsicher, der neigt dazu, mehr Dinge zu kaufen. Das Phänomen nennt sich »Misery is not miserly«-Effekt – Leid ist nicht geizig.[24] In Experimenten beobachteten Psycholog*innen, dass traurige Menschen mit größerer Wahrscheinlichkeit etwas kaufen und dabei tendenziell mehr Geld ausgeben als Menschen in fröhlicher oder neutraler Stimmung. Und sie kaufen dabei nicht zwingend Dinge, die etwas mit ihren Sorgen zu tun haben – oder gegen sie helfen.

In den USA spricht man scherzhaft von »Retail Therapy«, wir könnten »Shopping-Therapie« dazu sagen. Das klingt lustig – und es funktioniert sogar. Konsum kann Traurigkeit reduzieren.[25] Die Shopping-Therapie kann helfen, weil wir beim Einkaufen Entscheidungen treffen: Wir entscheiden, was wir kaufen und was nicht. Dies gibt uns das Gefühl der Kontrolle über unser Leben zurück.

Gemeint ist hierbei aber nicht akute Traurigkeit, weil gerade etwas passiert ist. Es geht um eine Traurigkeit, die einen Menschen schon längere Zeit begleitet. Er oder sie könnte sich kurzfristig besser fühlen. Das liegt daran, dass beim Einkaufen Dopamin ausgeschüttet wird.[26] Dieses Hormon kennst du schon vom Beginn dieses Kapitels: Es wird ausgeschüttet, wenn Menschen sich auf etwas freuen oder eine Belohnung erwarten. Leider ist dieser Effekt nicht nachhaltig – und wer versucht, durch neues Shopping erneut gute Gefühle zu erzeugen, wird bald feststellen, dass sie abnehmen.[27]

Für das unternehmerische Handeln birgt sich hier jedoch ein Anreiz, der aus gesellschaftlicher Perspektive unerwünscht ist: Fühlen Nutzende einer Social-Media-App sich schlecht, unsicher oder ungenügend, dann werden sie vielleicht eher geneigt sein, eine Anzeige anzutippen und ein Produkt zu kaufen. Genau damit verdient die Plattform ihr Geld.

Keine Zeit zum Denken: Das Gehirn braucht Leerlauf

Quizfrage: Was tut das Gehirn, wenn wir nichts tun?
Antwort: Es arbeitet.

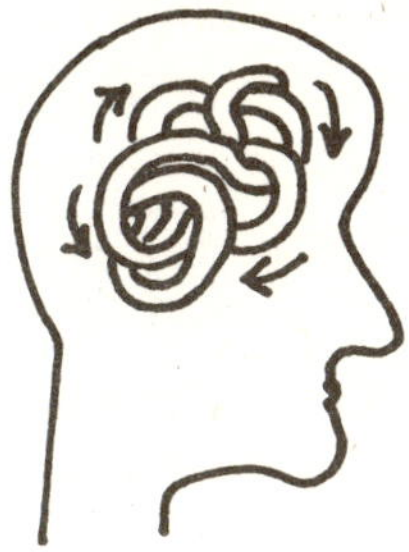

Genauer gesagt: Es *ver*arbeitet. Deshalb haben viele Menschen gute Ideen, wenn sie unter der Dusche stehen. Das Wasser rinnt über die Haut, nichts lenkt ab; und schon ploppt die Lösung für ein Problem auf – oder endlich die perfekte Antwort auf einen blöden Kommentar, der leider schon ein paar Tage zurückliegt. Danke, Gehirn, besser spät als nie. Die Dusche ist der letzte Ort in unserer vollvernetzten Welt, in der unser Gehirn noch seine Ruhe hat.

Tagträume, Erinnerungen, Pläne für die Zukunft – das sind Dinge, die in menschlichen Gehirnen ablaufen, wenn keine Reize von außen dabei stören. Die Zeit, in der Menschen am ruhigsten wirken, ist also eine Zeit, in der das Gehirn sehr aktiv arbeitet. Diese Aktivität ist messbar – und sie ist wichtig. Verhindern wir diese Aktivität, indem wir uns mit Sozialen Netzwerken beschäftigen, dann verhindern wir die notwendigen Verarbeitungsprozesse.

Der Leerlauf des Gehirns

Die Neurowissenschaft, also die Wissenschaft von den Nerven, spricht vom »Leerlauf« des Gehirns oder der »Grundeinstellung«. In der Fachsprache nennt man es das »Default Mode Network« (DMN), was wir mit Standard-Modus-Netzwerk übersetzen könnten. Es handelt sich also um bestimmte Bereiche im Gehirn, die vernetzt sind. Entspannen wir uns, werden sie alle gemeinsam aktiv. Setzen wir uns wieder Reizen aus, kehrt im DMN Ruhe ein.

Das DMN ist der Bereich im Gehirn, in dem wir mit uns selbst arbeiten. Wir reflektieren unser Handeln, erinnern uns oder planen die Zukunft.[28] Die dazugehörige Gehirnaktivität konnten Neurowissenschaftler nachweisen, indem sie Menschen in einen Scanner legten und sie baten, an nichts zu denken. Dieses Nichts erzeugte eine erstaunliche Aktivität im Gehirn, die die Forschenden auf ihren Displays sahen. Und dieses Nichts verbrauchte ziemlich viel Energie.[29]

Nicht immer ist uns Menschen bewusst, was das Gehirn da tut. Vollkommen unbewusst sind die meisten Prozesse aber nicht – wir bekommen durchaus mit, was sich in unseren

Tagträumen abspielt. »Die Gedanken fließen lassen«, so könnten wir diesen Vorgang beschreiben. Stell dir vor, du hörst einen Vortrag und deine Gedanken schweifen immer wieder ab. Erinnerungen vom Wochenende tauchen auf, manchmal denkst du bewusst an bestimmte Momente. Dann fällt dir etwas anderes ein. Der Prozess ähnelt einer sehr langsamen Wasserrutsche: Mal lässt du dich treiben, mal steuerst du ein wenig.

Der Kopf arbeitet und wir lassen es zu, greifen gelegentlich ein, um die Tagträume in eine bestimmte Richtung zu steuern, oder übernehmen irgendwann wieder aktiv das Ruder der Denkarbeit, um bewusst zu grübeln.

»Einfach mal an nichts denken« ist daher wirklich nichts, das Menschen ohne Übung leisten können. Selbst wer meditiert, braucht dafür eine lange und intensive Zeit des Trainings.

Tagträume sind also kein Fehler im System, kein Zeichen von Unkonzentriertheit oder mangelnder Disziplin. Tagträume haben ihren eigenen Bereich im Gehirn.[30] Sie sind nützlich und wichtig für die Psyche und dafür, wie wir uns selbst in der Welt und unserem Leben verorten. Unsere Tagträume erzählen uns Geschichten darüber, wer wir selbst sind, wer wir sein wollen und wer wir sein könnten.[31]

Das DMN hat Einfluss darauf, wie wir emotional belastende Erlebnisse verarbeiten. Das Ereignis ist vorbei, aber es arbeitet noch in uns. Es belastet, es tut vielleicht sogar weh. Nehmen wir das Beispiel eines heftigen Streits mit einer engen Freundin. Das Gehirn kennt emotionalen Schmerz schon. Es kann also die Erinnerung wecken: *Du hast schon ganz anderes überstanden. Du überstehst auch diesen Schmerz.* Es kann darauf hinweisen, dass wir nicht allein sind mit dieser Erfahrung: *In anderen Freundschaften gab es ebenfalls Streit und diese Menschen haben es überstanden.* Oder: *Du hast Menschen durch einen Streit verloren – aber du hast daraus gelernt.* Wir können also sagen: Im Default Mode wird das Gehirn kreativ. Es findet Antworten, die uns nicht eingefallen sind, als die Frage noch zu belastend war. Während wir beim aktiven Grübeln den Wald vor lauter Bäumen nicht sehen, tritt das DMN einen Schritt zurück und nimmt die gesamte Landschaft wahr – inklusive Wald.

Würde man sich in dieser Situation Sozialen Netzwerken zuwenden, wäre man zwar abgelenkt. Sobald die App zu ist, steht der Verarbeitungsprozess aber wieder am Anfang.

Ablenkung verhindert diesen Leerlauf des Gehirns. Menschen grübeln nicht mehr genug. Und das hat Folgen: Erinnerung formt sich unter anderem durch Wiederholung und Bedeutsamkeit. Wer nicht über Erlebtes nachdenkt, wird möglicherweise mehr vergessen. Das Gehirn bekommt kein Signal dafür, dass das Erlebte wichtig ist. Auch die emotionale Einordnung findet nicht statt, wenn das Gehirn keine Gelegenheit bekommt, sich mit Ereignissen zu beschäftigen.

Grübeln kann aber natürlich auch wehtun. »Eine grübelnde Psyche ist eine unglückliche Psyche«, so betitelten zwei Psychologen vor einigen Jahren eine groß angelegte Studie, die sehr viel Aufsehen erregt hat. Sie sagen: Fast 47 Prozent der wachen Zeit verbringen Menschen damit, über Dinge nachzudenken, die nichts mit dem zu tun haben, was sie gerade tun oder was um sie herum passiert.[32] Dadurch nehmen sie die guten Dinge weniger wahr und das macht unglücklich. Diese Studie war nicht auf Social Media bezogen, ist aber wichtig, weil sie erklärt (und glaubhaft beweist), wie entscheidend Tagträume für das Wohlbefinden sind.

Tagträume lenken uns von dem ab, was um uns herum passiert. Und Social Media lenkt uns von unseren Tagträumen ab. Grübeleien stoppen zu wollen, gerade wenn sie belasten, ist ganz normal. Und natürlich suchen wir Ablenkung in Social Media, wenn wir häufig die Erfahrung machen, dass Grübeleien in eine negative Richtung führen. Das ist erst einmal reiner Selbstschutz: Menschen suchen Entspannung im Scrollen und Wischen.

Die beiden Psychologen beobachteten bei ihren mehr als 2000 Testpersonen, dass diese meist dann am glücklichsten waren, wenn sich ihre Gedanken mit dem befassten, was gerade tatsächlich passierte. Dabei spielte es keine Rolle, *was* die Menschen gerade taten: Auch bei neutralen Tätigkeiten machte es sie nicht glücklicher, wenn sie an etwas Schönes dachten. Am glücklichsten waren die, die präsent waren.

Sanfte Faszination

Richten Menschen ihre ganze Aufmerksamkeit auf etwas, dann ist das anstrengend für das Gehirn. Zur Erholung dient die »soft fascination«, also der weichere Fokus. Den Unterschied kannst du direkt ausprobieren: Geh eine Runde durch einen Wald oder Park und schau dabei auf dein Smartphone (du weißt schon: ohne dich dabei in Gefahr zu bringen natürlich). Dann schalte das Display aus, schau nach vorn und nach oben, schau in die Bäume oder in die Ferne. Atme mal aus, vielleicht begleitet von einem lauten Seufzer. Jetzt schaust du nicht mehr konzentriert auf einen Punkt, sondern du siehst die Welt um dich herum. Das fühlt sich anders an, oder? Was du jetzt erlebst, ist die *soft fascination*. Sie hilft dem Gehirn, sich zu erholen. Deshalb können wir uns nach einem Spaziergang besser konzentrieren.[33] Die Wissenschaft sagt: Wir stellen unsere Aufmerksamkeit wieder her.

Vollständige Präsenz ist nicht möglich – und wäre nicht gesund. Das Gehirn braucht seine Abschweifungen, um Erlebtes zu bewerten, Erinnerungen zu verankern und Emotionen zu regulieren. Wir brauchen aber Präsenz im Augenblick, damit wir überhaupt etwas bewusst erleben können und damit wir diese Zeit genießen. Meditation kann helfen, diese Präsenz zu trainieren. Exzessive Social-Media-Nutzung wiederum verhindert erstens die Präsenz im Augenblick und zweitens, dass wir negative Ereignisse einordnen und verarbeiten.

FRAGEN?

1. Welche Aktivitäten halten dich sehr zuverlässig von Social Media fern?
2. Welche Menschen in deinem Umfeld sind immer spannender als der Newsfeed?
3. Ist es dir leicht- oder schwergefallen, diese beiden Fragen zu beantworten? Was denkst du, woran das liegt?

Wo ist all die Zeit geblieben?

Stell dir vor, dir ist dein Bus vor der Nase weggefahren. Jetzt musst du zehn Minuten warten, bis der nächste kommt. Zwanzig, wenn du Pech hast. In dieser Situation greift so gut wie jeder Mensch zum Smartphone. Wer gerade keine Lust auf Kommunikation hat, der hört einen Podcast oder ein Hörbuch, vielleicht etwas Musik. Aber die meisten Leute checken erst einmal Plattformen wie Instagram und TikTok. Mit ihnen geht die Zeit schnell rum, die Nutzenden bleiben bei Trends auf dem Laufenden und werden gut unterhalten. Und in kürzester Zeit ist der nächste Bus da.

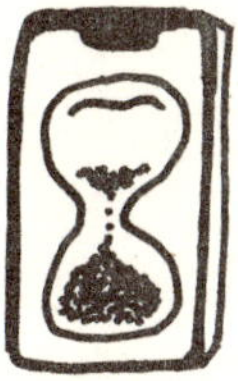

Zeit, die wir auf Social Media verbringen, vergeht gefühlt sehr schnell. Das liegt an der Kürze der Beiträge: kurze Videos oder Bilder mit Texten, die schnell gelesen sind. Schnelle Schnitte, wechselnde Themen. Das Gehirn stellt sich immer wieder auf etwas Neues ein. Social Media ist kurzweilig, weil wir nicht mehr wahrnehmen, wie die Zeit vergeht. Erinnerungen können sich so nicht oder nur in sehr geringem Ausmaß bilden. So verschwindet die Zeit rückblickend aus unseren Köpfen.

Soziale Netzwerke sind also ein wunderbares Mittel, um sich Wartezeit zu verkürzen. Umgekehrt können sie aus einem gemütlichen Abend oder der entspannten Pause vor den Hausaufgaben eine Folge von Reizen machen, von der am Ende nichts übrig bleibt.

Wie wir mit unserer Zeit und der Zeit anderer Menschen umgehen, gehört zu den entscheidenden Faktoren unseres Lebens und Soziallebens. Social Media ist dafür ausgesprochen praktisch: Niemand ist mehr gezwungen, sofort zu reagieren, wenn eine andere Person kommunizieren möchte. Eine Chat-Nachricht ist ein Angebot oder eine Anfrage – wäre das Bedürfnis wirklich dringend, könnte die Person anrufen. Der Feuerwehr schickt man schließlich auch keine WhatsApp-Nachricht, wenn die Küche brennt.

Wer eine Nachricht empfängt, empfindet das manchmal anders: Elektronische Kommunikation fühlt sich für viele Menschen wie etwas an, dem sie jederzeit zur Verfügung stehen müssen. Die Wissenschaft sieht eine Verbindung zwischen diesem inneren Druck und Stress, Ängsten und verschlechterten Beziehungen. Dieser Druck entsteht, weil die elektronische Kommunikation Grenzen auflöst: Gespräche, die vor Social Media und E-Mails nur tagsüber geführt wurden, können nun abends, am Wochenende, nach der Schule oder im Feierabend stattfinden.[34] Kommunikation ist also allgegenwärtig geworden.

Vor allem Jugendliche und junge Erwachsene sind es gewohnt, dass sie jederzeit kommunizieren können. In einer Befragung sagten zwei von drei Menschen zwischen 14 und 25 Jahren, dass es sie ärgere, wenn eine Nachricht gelesen wurde, sie aber noch nicht beantwortet ist. Gleichzeitig gibt ein ähnlicher Anteil der Leute an, es stresse sie, wenn andere eine schnelle Reaktion auf ihre Nachrichten erwarten.[35]

Der Stress entsteht, weil soziale Normen noch fehlen. Vergleichen können wir das mit der Pünktlichkeit: Wer sich zu einer fixen Zeit verabredet, der kann darauf vertrauen, dass der oder die andere versuchen wird, diese Zeit einzuhalten. In Deutschland legen wir darauf viel Wert – im Süden Spaniens oder Italiens wundert sich niemand, wenn sich das Date um eine halbe Stunde verzögert. Wer sich verabredet, hat diese sozialen Regeln verinnerlicht. Nur wenn unterschiedliche Regeln gelten, kommt es zu Konflikten. Aber für Soziale Netzwerke entwickeln sich diese Normen gerade erst.

Wir müssen uns also einigen, wie wir mit unserer Zeit und der Zeit anderer Menschen umgehen, wenn es um die Kommunikation über Soziale Netzwerke geht.

FRAGEN?

1. Wie geht es dir, wenn jemand eine Chatnachricht liest, aber nicht direkt antwortet?
2. Was denkst du, warum sich jemand manchmal nicht direkt zurückmeldet?
3. Wenn du selbst jemandem nicht sofort antwortest – woran kann das liegen?

Nicht mehr allein: Die große Chance in Social Media

Ziemlich viele Menschen warnen also vor den psychischen Folgen von Social Media. Andere Wissenschaftler*innen beklagen, dass die Debatten oft einseitig seien. In Sozialen Netzwerken liegen auch Chancen: Wer sich einsam fühlt, der kann Gleichgesinnte finden. Unterstützung. Trost. Wir finden Inspiration und Anleitungen, um Neues zu lernen. Wir können Kontakt zu Menschen aufnehmen, die wir interessant finden. Wir erfahren Dinge über die Welt, die uns sonst verborgen blieben.

Die Wissenschaft versucht, zwischen diesen Faktoren abzuwägen. Wie sich Social Media auswirken kann, hast du in den vergangenen Abschnitten gelesen. Aber es gibt in der psychologischen Forschung auch ganz andere Perspektiven. Optimistischere.

In manchen Phasen im Leben ist der Zusammenhang zwischen Social Media und Zufriedenheit zwar messbar.

Er ist aber auch gering, berichten einige Psycholog*innen, die empirisch arbeiten, also auf der Basis von Daten.[36] Die Wissenschaft ist sich bislang nicht wirklich einig, wie Social Media zu werten ist.

Ein eher optimistischer Blick kommt aus Großbritannien: Ein Team von Wissenschaffenden hat für eine Untersuchung zu den Folgen der Social-Media-Nutzung Daten von 84000 Menschen gesammelt, rund 17000 von ihnen waren zwischen 10 und 21 Jahre alt.[37] Ein Jahr später wurden die Teilnehmenden nach ihrem Wohlbefinden gefragt. Diese Daten werteten die Forschenden aus. Sie wollten wissen, ob die Menschen zufrieden mit ihrem Leben waren. Mit den gesammelten Informationen versuchten sie zu ermitteln, ob das gefühlte Lebensglück mit Social Media zusammenhängen könnte. Sie beobachteten: Es gibt nur zwei kurze Phasen im Leben, in denen Soziale Netzwerke die Zufriedenheit beeinflussen.

Für Mädchen zwischen 11 und 13 Jahren und Jungen im Alter von 14 oder 15 Jahren gab es einen eher stärkeren Zusammenhang: Wer mehr in den Apps aktiv war, der war ein Jahr später weniger zufrieden. Wer weniger darin aktiv war, der war eher zufrieden. Mit 19 Jahren war dieser Zusammenhang bei beiden Gruppen noch einmal verstärkt.[38]

Die Forschenden schließen daraus, dass es bestimmte Phasen im Leben gibt, in denen Social Media sich stärker auswirkt als in anderen. Außerdem gelte der Zusammenhang umgekehrt genauso: Wer mit seinem Leben weniger zufrieden ist, der sucht im Internet nach Trost, Rat oder Ablenkung. Dadurch steigt die Social-Media-Nutzung. Der

Einfluss der Netzwerke auf die Stimmung muss aber nicht negativ sein – vielleicht ist er sogar positiv.

Wer also behauptet, Social Media mache krank und unglücklich, der greift mit dieser Behauptung sicherlich zu kurz. Worin sich Wissenschaffende aber ziemlich einig sind und was diese Studie erneut bestätigt: Wer in einer Phase seines Lebens besonders verletzlich ist und Trost in Sozialen Netzwerken sucht, der könnte diesen Trost dort finden – vielleicht aber auch das Gegenteil.

Wer dagegen Inspiration sucht, Informationen oder Anleitungen, zum Beispiel in der Kunst, der bekommt durch die Netzwerke vielleicht genau das, was er oder sie gerade braucht. Hinter vielen Hashtags finden sich Anleitungen für Zeichenstile oder den Umgang mit Farben, Interpretationen von Musikstücken, aber auch Erzählungen von besonderen Lebensereignissen, die inspirieren können. Für die Suche nach Gleichgesinnten ist Social Media eine Chance wie keine Technologie zuvor.

Auch bietet Social Media eine Öffentlichkeit, ohne die viele Anliegen vielleicht kein Gehör finden würden. Im Internet darf erst einmal jede und jeder erzählen. (In Kapitel fünf erfährst du von einigen Menschen, die die Sozialen Netzwerke genutzt haben, um sich für etwas einzusetzen, das ihnen wichtig ist.)

To-Go: Bewusste Nutzung macht Social Media besser

Gemeinhin wird argumentiert, dass unser Umgang mit einer Technologie darüber entscheide, wie es uns mit ihr ergeht. Dieses Kapitel hat gezeigt, dass dies nur zum Teil wahr ist. Der andere Teil der Wahrheit ist: Apps und Plattformen sind so gestaltet, dass sie ihre Nutzer*innen dazu anregen sollen, möglichst oft reinzuschauen, möglichst lange aktiv zu bleiben und dabei möglichst viel zu klicken und zu tippen.

Verbunden sein ist menschlich

Wer diesen Anreizen erliegt, der zeigt damit keine Schwäche. Vielmehr gibt er oder sie normalen menschlichen Bedürfnissen nach. Zu ihnen gehören die Bedürfnisse nach sozialer Anerkennung und Verbundenheit – also Dinge, die vor langer Zeit für das Überleben der Menschheit entscheidend waren. Soziale Anerkennung können wir in Social Media finden – das tut gut.

Wir haben die Wahl

Ausgeliefert sind wir unseren Bedürfnissen und den Sozialen Netzwerken natürlich nicht. Wir können versuchen, uns durch unser Verhalten vor den Anreiz-Mechanismen der Plattformen zu schützen. Weil diese Mechanismen unsere Bedürfnisse in der Gruppe ansprechen, kann es sinnvoll sein, Veränderungen als Gruppe anzugehen.

Eine bewusstere Nutzung kann Social Media besser machen:

* Was poste ich?
* Wessen Inhalte schaue ich mir an?
* Will ich gerade wirklich schauen, was andere so machen – oder will ich lieber mit jemandem reden?
* Social Media wird besser und schöner, wenn die Nutzenden sich selbst vor den negativen Seiten schützen. (Mehr zur bewussten Nutzung liest du in Kapitel 6).

Machen wir uns die Plattformen zu eigen

In einer idealen Welt dienen die Plattformen den Menschen. Und diese Welt können wir erschaffen – wenn wir sie so nutzen, dass es uns selbst wirklich guttut. Schöne Bilder können Freude erzeugen. Kleine Schnappschüsse können dazu einladen, ein Gespräch zu starten. Und Tanz-Challenges können verbinden.

Vielleicht hast du nach diesem Kapitel Lust, ein wenig zu experimentieren:

1. Wie wäre es mit einem ganzen Tag, an dem du auf deinem Smartphone nur die Chat-Apps benutzt und Dringendes, das du für Schule oder Arbeit zwingend brauchst – aber keine Apps mit Newsfeed wie Instagram oder TikTok? Wie geht es dir damit?
2. Vielleicht vereinbarst du bei einem Treffen mit deinen Leuten, dass währenddessen alle Geräte

in den Taschen bleiben. Dies gilt insbesondere dann, wenn eine oder einer von euch »mal kurz« etwas nachschauen möchte. Wie verändert sich euer Treffen dadurch?

3. Wenn du eine einzelne Social-Media-App für ein Wochenende oder eine ganze Woche nicht benutzt – verpasst du etwas, das für dein Leben relevant wäre?
4. Wie fühlt es sich an, in einem Gespräch über Influencer*innen zu sagen: »Ich habe das nicht gesehen«?

4. Die Kriminalität

Wo Menschen kommunizieren, da kann es Streit geben. Wir erleben das in Kommentarspalten und persönlichen Nachrichten, in Blogs oder öffentlichen Posts. Auch Straftaten wie Mobbing, Belästigung und Hatespeech sehen wir immer wieder in Social Media. Dieses Kapitel erzählt von Gefahren, Warnsignalen und Abwehrmethoden. Es wird um heftige Straftaten gehen und ihre Folgen – bis hin zum Suizid eines jungen Mädchens. Auch sexuelle Gewalt gehört zu den Themen. Wenn du dich damit nicht wohlfühlst, sprich mit jemandem darüber oder blättere direkt zu Seite 128. Am Anfang von Kapitel 3 auf Seite 84 findest du außerdem Adressen, an die du dich wenden kannst.

Die Geschichte von Amanda Todd

Amanda Todds Geschichte ist ein besonders drastisches Beispiel für das, was Menschen passieren kann, wenn sie online Hass und Belästigung ausgesetzt sind. Mit 15 Jahren nahm sich die Kanadierin das Leben. Drei Jahre zuvor hatte Amanda im Netz ihre nackten Brüste gezeigt. Ein Mann machte Bilder davon und erpresste Amanda später damit. Amanda wehrte sich und der Täter verbreitete eines der

Bilder im Netz. Amandas Mitschüler*innen sahen es. Sie fühlte sich gedemütigt – und sah sich dem Hass der anderen ausgesetzt.

Wer ist nun schuld? Viele Menschen würden sagen: Sie hat einen Fehler gemacht. Aber diese Sichtweise ist eben nicht die einzige.

Wir kennen Amandas Perspektive, weil sie öffentlich darüber gesprochen hat: Sie hat ein Video bei YouTube gepostet.[1] Zu sehen ist eine junge Frau mit dunklen, gewellten Haaren. Sie hält Zettel in die Kamera, auf denen sie ihre Geschichte erzählt:

»Als ich in der siebten Klasse war, trat ich mit Freunden vor eine Webcam. Ich wollte neue Leute kennenlernen.«

»Ich wurde wunderschön genannt, atemberaubend.«

»Dann wollten sie, dass ich meine Brüste zeige.«

»Und ich tat es ... Ein Jahr später ... bekam ich bei Facebook eine Nachricht.«

Der Absender kannte ihre Adresse, Schule, Verwandte, Freund*innen. Und er erpresste sie: Amanda sollte sich vor der Webcam erneut vor ihm entblößen, sonst würde er Screenshots des ersten Video-Chats veröffentlichen. Eines Tages stand früh am Morgen die Polizei vor Amandas Tür: Der Fremde hatte seine Drohung wahr gemacht und die Bilder verschickt.

Todd wurde krank. Sie berichtet von Ängsten, einer schweren Depression und Panikattacken. Sie zog um und bald kamen Drogen und Alkohol ins Spiel. Ihre Ängste seien so schlimm gewesen, dass sie nicht mehr vor die Tür ging.

Ein Jahr später habe sich der Täter erneut gemeldet. Mit

einer neuen Liste von Freund*innen an ihrer neuen Schule. Er hatte in einem Sozialen Netzwerk eine Seite erstellt – mit Amandas Brüsten als Profilbild.

Amanda schreibt dazu:

»Weinte jede Nacht, verlor all meine Freunde und den Respekt, den die Menschen vor mir hatten ... Wieder ...«

»Dann mochte mich niemand mehr.«

Obwohl sie das Opfer eines wesentlich älteren Straftäters war, war es Amanda, die von Gleichaltrigen verurteilt und beschimpft wurde.

Victim Blaming

Wird dem Opfer eines Vergehens von seinem sozialen Umfeld eine Mitschuld zugesprochen, dann spricht man von »Victim Blaming« – Opferbeschuldigung. Insbesondere bei sexuell motivierten Straftaten gegen Frauen war Victim Blaming lange Zeit gängig, indem zum Beispiel die Kleidung einer Betroffenen zur Rechtfertigung herangezogen wurde. Das Victim Blaming hindert Betroffene eines Verbrechens häufig daran, das darauf folgende Trauma zu bewältigen.[2]

Amanda berichtet dann von Selbstverletzungen. Ihre Freund*innen hatten sie alleingelassen. Sie wechselte erneut die Schule. Dort blieb sie zunächst allein, begann aber später, mit einem älteren Jungen zu sprechen. Sie texteten. Irgendwann trafen sie sich, er verführte sie.

Einige Zeit später bekam Amanda im Unterricht eine Textnachricht, sie solle nach draußen kommen. Dort warteten 15 Leute auf sie, andere kamen dazu, eine riesige Gruppe von Menschen stand um Amanda herum.

»Ein Typ schrie: Schlag sie endlich.«

Amanda wurde zu Boden geworfen und mehrfach geschlagen. An diesem Tag versuchte Amanda das erste Mal, sich das Leben zu nehmen. Sie kam ins Krankenhaus und überlebte. Als sie nach Hause kam, fand sie im Internet Videos des Angriffs und den Kommentar: »Sie verdient es.«

Amanda zog erneut an einen anderen Ort. Monate später machte man sich im Netz noch immer lustig über ihren Suizidversuch. Dort steht: »Ich hoffe, sie stirbt dieses Mal und ist nicht so dumm.«

Amanda fragt: »Warum passiert mir das? Ich habe es verbockt, aber warum sollte man mich verfolgen?«

»Ich habe niemanden ... ich brauche jemanden :(«

Wenige Wochen später nahm sich Amanda Todd das Leben. Da war sie 15 Jahre alt.

Dieser Fall beginnt damit, dass ein Mann, der mehr als doppelt so alt war wie Amanda, sie überredet, ihren nackten Oberkörper im Internet zu zeigen, und davon Screenshots macht. Später soll er zwanzig verschiedene Profile angelegt haben, um sie zu mobben, bei Skype, YouTube und Facebook.[3] Amanda war nicht sein einziges Opfer. Wegen weiterer Taten wurde er bereits zu elf Jahren Haft verurteilt. Stalking und Erpressung, aber auch »Sextortion« (Sex und Extortion – Erpressung) wird das genannt, was er tat: Er überredete sehr junge Mädchen, sich online zu entblößen, und machte Fotos und Videos davon. Dann erpresste er sie damit. Später wurde er zu 13 Jahren Haft verurteilt.[4]

FRAGE?

Ein Teil des Mobbings erfolgte über Soziale Netzwerke. Sind die Unternehmen (mit)verantwortlich?

Cybermobbing

»Du nervst, geh sterben.«
»Du bist so hässlich.«
»Alle hassen dich, wie ist das so?«

Im Internet bekommt das Mobbing eine neue Dimension. Denn während auf dem Schulhof oder im Klassenraum noch eine Hemmschwelle existieren mag – immerhin steht das Opfer den Täter*innen direkt gegenüber –, fällt diese im Netz weg. Mobbing in der Schule kann beobachtet werden. Online bleibt zunächst unklar, wer an der digitalen Hetzjagd beteiligt ist. Auf Social Media zu mobben ist eine sichere Sache für die Täter*innen. Doch was in der echten Welt verboten ist, das ist auch in Sozialen Netzwerken nicht erlaubt. Die sind nämlich ein Teil der echten Welt, auch wenn sich das nicht so anfühlen mag.

Auch alltägliche Abneigungen und Auseinandersetzungen aus der Schule finden ihren Weg ins Internet. Dort können sie sich zu Hass entwickeln. Und Hass aus dem Internet ist Hass im realen Leben. Vor einigen Jahren wurde ein 17 Jahre alter Schüler bewusstlos geprügelt. 20 andere hatten sich gegen ihn zusammengeschlossen. Seine »Tat«: Er hatte seine Freundin gegen Lästereien im Netz verteidigt.[5]

Cybermobbing oder Cyberbullying

Menschen hinterlassen anderen böse Kommentare, stellen sie bloß, beleidigen oder verbreiten Gerüchte. Fotos werden manchmal ohne die Zustimmung der Opfer verbreitet. All dies passiert öffentlich (oder halb-öffentlich, wenn die Profile geschützt sind) im Internet. Die Polizei fasst dies unter den Begriffen Cybermobbing und Cyberbullying zusammen.

Die Täter*innen machen sich strafbar, zum Beispiel durch Beleidigung, üble Nachrede oder Verleumdung, Bedrohung oder Nötigung. Fotos dürfen nicht ohne Zustimmung des oder der Fotografierten verbreitet werden. Jeder Mensch hat das sogenannte »Recht am eigenen Bild«.[6]

Cybermobbing ist einfach: Es ist leicht, jemandem eine böse Nachricht zu schreiben – wir sehen schließlich die direkte Reaktion nicht, sind also mit den Folgen einer Beleidigung oder Bedrohung nicht konfrontiert. So wird im Gehirn kein

Mitgefühl aktiviert, kein Zweifel daran, ob das, was gerade passiert, in Ordnung ist.

Genauso leicht ist es, gemeinsam aktiv zu werden und mit bösen Kommentaren und Postings auf eine andere Person loszugehen. Vielleicht macht es sogar Spaß. Während das Opfer unter dem Hass und der Demütigung leidet, entsteht bei den Täter*innen ein Gefühl der Gemeinsamkeit. Wer zusammen auf andere losgeht, der fühlt sich geschützt und sozial eingebunden. Der Soziologe Max Weber sprach von »Vergemeinschaftung«.[7] Menschen verbünden sich gegen andere Menschen und spüren Verbundenheit, Zusammengehörigkeit. In diesen Gruppen kann sich schnell das Narrativ durchsetzen: Wir sind die Guten.

In einer Befragung gaben 13 Prozent der Schüler*innen im Alter zwischen 10 und 21 Jahren an, bereits online gemobbt worden zu sein. 13,4 Prozent gaben an, es schon selbst getan zu haben. Ihre Begründung? 45 Prozent der Täter*innen sagten, die andere Person habe das Mobbing verdient. 23 Prozent sagten »nur zum Spaß« und 9 Prozent gaben an, es sei »cool«.[8]

Doch Mobbing ist kein Spaß – und alles andere als harmlos. Es hat Folgen. Viele Opfer leiden langfristig unter den Taten. In einer Befragung des »Bündnisses gegen Cybermobbing« gab etwa ein Drittel der Betroffenen an, unter Ängsten zu leiden. 29 Prozent sagten, die Belastung habe angehalten. 15 Prozent betäubten ihren Schmerz und ihre Ängste mit Rauschmitteln. Und 24 Prozent – also eine*r von vier – berichteten von Suizidgedanken.[9]

Insbesondere WhatsApp ist ein häufiger Tatort. Hier

werden Menschen beleidigt oder aus Chatgruppen ausgeschlossen. Bei Instagram sind vor allem Mädchen stark betroffen. Es werden peinliche Fotos gepostet oder Accounts unter dem Namen einer anderen Person eröffnet, um diese bloßzustellen. Am stärksten nehmen die Mobbing-Erfahrungen derzeit bei TikTok zu. Forschende berichten auch, dass sich viele aus Angst oder Scham keine professionelle Hilfe suchen.[10]

Niemand steht eines Morgens auf und beschließt, eine andere Person zu mobben. Die Mechanismen sind unauffälliger: Es beginnt vielleicht damit, dass eine unbeliebte Person eine andere versehentlich anrempelt. Oder eine Person eine andere aus der Freundesgruppe ausgrenzen will, vielleicht aus Neid oder Eifersucht. Schließen sich andere dann gegen ihr Opfer zusammen, werden dessen vermeintliche Missetaten plötzlich groß und wichtig. Ein Akt der Rache ist da nur der nächste logische Schritt. Das Mobbing beginnt.

Wer andere im Netz beleidigen oder bedrohen will, der kann das ganz bequem anonym tun. Nur an wenigen Stellen im Internet sind Menschen verpflichtet, ihren echten Namen anzugeben oder sich sogar auszuweisen. Eine Ausnahme sind Dienste, die zum Beispiel mit Bankgeschäften oder Internethandel zu tun haben.

Für Social Media kann sich jeder und jede eine anonyme E-Mail-Adresse einrichten, damit ein anonymes Konto anlegen und anonym posten. Facebook fordert in seinen Nutzungsbedingungen zwar die Angabe des echten Namens. Allerdings hat die Plattform nicht die Möglichkeit, die Authentizität zu prüfen. Juristisch ist die Forderung in den Nutzungsbedingungen ebenfalls umstritten: Das Recht auf ein Pseudonym könnte durch den Datenschutz gegeben sein[11], Gerichte haben aber schon das Gegenteil entschieden.[12] Pseudonyme sind Namen, die sich Menschen im Internet selbst geben.

Einige setzen sich für eine sogenannte »Klarnamenpflicht« ein. Schon der Internetzugang könnte daran gebunden sein, sich mit seinem echten Namen anzumelden. Dann wäre jeder Mensch eindeutig identifizierbar. Der Internet-Aktivist Jaron Lanier, der selbst an den frühen Strukturen des Internets mitgearbeitet hat, fordert dies inzwischen. Er spricht von einem Versagen, das die Pioniere des Internets zu verantworten hätten. Seine eigene Arbeit schließt er dabei mit ein.[13]

Wer Straftaten begeht, könnte leichter erkannt werden, wenn alle Menschen mit ihrem echten Namen online gehen müssten. Wer sich nicht hinter einem Pseudonym verstecken kann, wird sich vielleicht überlegen, ob er andere beleidigt oder in Worten angreift. Und insbesondere im Kampf gegen Kinderpornografie oder Cybergrooming (sexuelle Belästigung und Verfolgung Jugendlicher, dazu liest du in den folgenden Abschnitten noch mehr) könnte die Klarnamenpflicht einen Vorteil bringen oder zumindest die Hürden erhöhen.

Gegner*innen geben zu bedenken, dass es dann nicht mehr möglich ist, anonym als Whistleblower*in aufzutreten. In autoritär regierten Staaten könnte Regime-Kritik möglicherweise nicht mehr frei diskutiert werden. In den USA wird das Recht auf Anonymität damit begründet, dass Minderheiten sich frei äußern können[14]: »Anonymity is a shield from the tyranny of the majority«, Anonymität ist ein Schutzschild gegen die Tyrannei der Mehrheit. Aber gleichzeitig schützt die Anonymität Täter, die genau diese Gruppen bedrohen oder beleidigen – und manchmal Straftaten planen. Ein Beispiel ist die US-amerikanische Gruppe QAnon, die den Messenger Telegram nutzt und rechtsextreme Verschwörungstheorien verbreitet.

FRAGEN?

1. Wie würdest du entscheiden? Sollte der Internetzugang für alle Menschen an die Angabe ihres realen Namens geknüpft sein?
2. Was spricht dafür, was spricht dagegen?

Hass im Netz

Bei Hitze drehen alle durch. Dafür gibt es sogar wissenschaftliche Belege: Liegen die Temperaturen in dem Bereich, der für eine Region als durchschnittlich gilt, dann posten Menschen bei Twitter die wenigsten Hasskommentare. Liegen sie stattdessen über 42 Grad, regiert der Hass – bei Temperaturen zwischen minus 3 und minus 6 Grad übrigens auch. Um das herauszufinden, haben Klimaforschende mehr als vier Milliarden Tweets ausgewertet. Das Wissenschaftsteam schließt daraus, dass der Klimawandel geeignet sein könnte, Konflikte zu schüren.[15]

Liegen die Temperaturen zwischen 5 und 11 Grad Celsius, posten Menschen bei Twitter die wenigsten rassistischen Kommentare. Das wurde anhand von Daten aus Europa beobachtet. Ist es wärmer oder kälter, nehmen die hasserfüllten Beiträge dagegen zu – und die Likes, die die Menschen für sie bekommen. Wissenschaftler*innen sagten deshalb bereits voraus, das mit der Klimaerwärmung der Fremdenhass zunehmen könnte.[16]

Als der Datenanalyst Ciarán O'Connor eine zufällige Stichprobe von etwas mehr als 1000 TikTok-Videos untersuchte, entdeckte er, dass fast jedes dritte Video »white supremacy« zum Thema hatte[17] – deutsch: »Weiße Vorherrschaft«, also den Glauben daran, dass Weiße anderen Menschen überlegen seien. Das Video mit den meisten Views beschäftigte sich mit Rassismus gegen Asiat*innen. Etwa jeder vierte Beitrag unterstützte einen Extremisten oder Terroristen, viele von ihnen sprachen Unterstützung für Adolf Hitler aus oder den Massenmörder Brenton Tarrant. Sogar Propaganda-Material der Terrororganisation Islamischer Staat war darunter. 24 der Beiträge leugneten den Holocaust. Und viele der Posts waren mit Video- und Musikeffekten unterlegt. Hass-Party im Internet.

Rassismus und Extremismus im Netz sind nicht immer sichtbar, weil sie vielen von uns gar nicht angezeigt werden – der Algorithmus geht nicht davon aus, dass wir Interesse an solchen Posts haben. Aber es gibt diese Beiträge. Und es gibt viele davon.

Das ist ein Problem, weil Hass eben nicht nur ein Phänomen der großen Zahlen ist. Hass betrifft Gruppen von Menschen und Einzelne. Wer auf seinem Bett sitzt und sich auf dem Smartphone anschaut, wie andere sich voller Hass, Niedertracht oder Herablassung über die eigene Person äußern, der leidet darunter. Am Beginn dieses Kapitels hast du die Geschichte von Amanda Todd gelesen. Sie war nicht nur dem Cybergrooming ausgesetzt, sondern auch dem Hass ihrer Mitschüler*innen. Und dieser Hass folgte daraus, dass sie zum Opfer eines älteren Mannes geworden war.

Dieser Hass schadet Einzelnen und er schadet dem Sozialgefüge an Schulen. In einer Studie haben Computerwissenschaftler*innen Reddit-Posts ausgewertet. Reddit ist ein Netzwerk, auf dem Menschen zu verschiedenen Themen diskutieren können. Über die Jahre gab es immer wieder Skandale, unter anderem weil Falschinformationen und Hass verbreitet wurden. Die Plattform wird an US-amerikanischen Colleges sehr aktiv genutzt. Viele Studierende beginnen im Alter von 17 oder 18 Jahren mit dem College, nach der Highschool.

In den Reddits und Subreddits der Colleges gibt es immer wieder Hatespeech, also Hassrede. Und dies schade den Gemeinschaften.[18] Wer Hass im Netz erlebt, reagiere empfindlicher auf Stress und dessen Reaktionen fallen extremer aus. Und dies treffe insbesondere Menschen, die emotional verletzlicher seien.

Netiquette & Gesetze: Regeln für das Internet

Um Hassrede klare Grenzen zu setzen, stellen einige Plattformen Regeln auf, die für alle gelten und an denen sich die Moderator*innen orientieren. Sie stehen unter dem Begriff »Netiquette«, zusammengesetzt aus »Net« und »Etiquette«, also Internet und Etikette, einem veralteten Wort für Umgangsformen.

Im Zentrum dieser Regeln steht üblicherweise das Verbot von Hassrede und Beleidigungen. Drohungen sind verboten und Aussagen, die die Sicherheit anderer gefährden. Pornografie gehört dazu, ebenso wie die Verletzung von Persönlichkeitsrechten und Links ohne Bezug zum Thema eines Posts.

Die meisten dieser Regeln sind inzwischen durch den Gesetzgeber bestätigt worden. Wer Fotos, Texte, Musik oder Videos im Internet verbreitet, die ihm nicht gehören oder die eine andere Person zeigen, kann dafür belangt werden. Wer einen Beitrag einer anderen Person mit anderen teilt, der zuvor nicht öffentlich gepostet wurde, macht sich unter Umständen ebenfalls haftbar.

Bei Beleidigung, Verleumdung, Bedrohung und Hassrede kann es sich um Straftaten handeln, das gilt auch im Internet. »Fertig« ist das Recht für Social Media nicht. Das liegt daran, dass fast alle unsere Gesetze aus einer Zeit stammen, in der es das Internet noch gar nicht gab. Deshalb gibt es immer wieder neue Urteile, in denen Richter*innen alte Gesetze auf die aktuelle Welt anwenden. Eine immer aktuelle Übersicht findest du beim »No-Hatespeech-Movement« des Europarats. Hier findest du aktuelle Informationen: **https://no-hate-speech.de/de/wissen/welche-gesetze-gibt-es-gegen-hate-speech/**

Wenn du gegen Hass im Netz aktiv werden willst, kannst du im Kleinen anfangen. Sprich in deinem Freundeskreis darüber. Lehrreich kann es sein, einen Shitstorm zu analysieren.

Shitstorm

Bei einem Shitstorm bekommt eine Person oder Institution viele Hasskommentare. Das passiert regelmäßig, wenn Produkte verändert werden. Auch Äußerungen Einzelner können verletzen und dann Wut auslösen, die sich in einem Shitstorm entlädt. Zum Shitstorm gehört dann oft das »Out-calling« oder die »Call-out-Culture«: Einzelne weisen auf das Verhalten einer dritten Person hin und rufen direkt oder indirekt dazu auf, sich am Online-Protest zu beteiligen. Gleichzeitig soll die betroffene Person sich rechtfertigen.[19]

Dabei bleibt es häufig nicht bei Beleidigungen. Manchmal wird Gewalt angedroht oder die Hoffnung geäußert, das Opfer des Shitstorms würde Gewalt erfahren. Bei einem Shitstorm sollten die Betroffenen nicht allein gelassen werden.

Schau dir ein solches Phänomen an und sprich darüber. Du findest aktuelle Ereignisse, wenn du »Shitstorm« in die Suchmaschine eingibst und dann auf »News« klickst. Nützliche Fragen für deine Analyse:

* Was war der Auslöser?
* Steckt eine böse Absicht hinter dem auslösenden Ereignis oder der Aussage?
* Ist die Wut in deinen Augen berechtigt?

* Sind die Formen, die der Shitstorm annimmt, angemessen?
* Wie wird sich die Person gerade fühlen, die im Fokus des Shitstorms steht?

Eine solche Analyse hilft, das Ereignis umfassender zu betrachten. Mitmachen ist einfach: Was andere wütend macht, steht ja schon im Netz. Und bei Wut ist es leicht, zuzustimmen. Die Argumente und Forderungen muss man selbst dann nur noch abschreiben.

Passiert dies im Freundeskreis, dann kann es schwer sein, sich zu positionieren. Vielleicht hat die Person wirklich einen Fehler gemacht. Vielleicht hat er oder sie tatsächlich etwas Schlimmes gesagt. Das Gedankenexperiment lohnt sich also:

Wie gehst du damit um, wenn dein bester Freund oder deine beste Freundin jemanden beleidigt? Stell es dir ruhig schlimm vor: rassistisch oder sexistisch zum Beispiel. Er oder sie bekommt dafür Hass im Netz.

Was tust du?

Cancel Culture

»Cancel Culture« beschreibt den Versuch, bestimmte Menschen von öffentlichen Debatten auszuschließen. Ihnen soll also die Reichweite entzogen werden. Verwendet wird er häufig von Menschen, die sich zuvor zum Beispiel rassistisch oder frauenfeindlich geäußert haben. Folgt darauf ein Shitstorm, kann es auch passieren, dass Prominente Werbeverträge verlieren oder Einladungen in TV-Shows abgesagt werden. Die Person ist also »gecancelt« – abgesagt. Ein Beispiel ist der Rapper Kanye West, der nach antisemitischen Äußerungen einen Werbevertrag mit der Sportmarke Adidas verlor.[20] Der Begriff der »Cancel Culture« ist kritisch gemeint und daher umstritten.

Infos zu Hass im Netz

* **hass-im-netz.info**, das Angebot gehört zu jugendschutz.net.
* »No Hate Speech Movement«: **no-hate-speech.de**

Gemeinsam gegen Cybermobbing und Hass im Netz

Es ist unglaublich schwierig, sich gegen Cybermobbing und Hass im Internet zu wehren. Die Täter*innen bleiben zunächst vielleicht unerkannt. Ihnen etwas zu beweisen mag schwer sein. Zudem drohen sie möglicherweise mit weiteren Taten, falls du dich wehrst. Indem sie die Betroffenen einschüchtern, schützen sie sich selbst vor Strafen.

Was also tun, wenn es dir passiert oder jemandem, den du gern hast?

Wichtig ist jetzt:

1. **Du bist nicht allein.** Was gerade passiert, das ist schon vielen anderen Menschen passiert. Nicht nur ein paar Tausend – wir sprechen hier von vielen Millionen Menschen.

2. **Was gerade passiert, ist nicht in Ordnung.** Menschen sollten sich so nicht verhalten. Niemand verdient Mobbing. Und es ist kein Weg, um Konflikte zu lösen. Im Gegenteil: Mobbing ist eine Straftat.

3. **Du wirst Hilfe finden.** Bleib nicht allein mit deinen Ängsten. Überlege dir, wen du ins Vertrauen ziehen möchtest. Eltern oder andere Verwandte? Geschwister vielleicht? Oder gibt es Lehrende, mit denen du gern sprichst? Sie können dir helfen.
   Melde unbedingt die betreffenden Posts und Profile bei der Plattform. Außerdem kannst du die Täter*innen blockieren. Wenn du dich noch niemandem anvertrauen magst, dann lies dich erst einmal bei den offiziellen Stellen im Netz ein:

https://www.jugendschutz.net/
Das Jugendschutz-Portal arbeitet im Auftrag der Bundesländer und befasst sich mit allen Themen, die für den Jugendschutz wichtig sind, darunter Mob-

bing, Extremismus, sexualisierte Gewalt oder Essstörungen. Hier findest du auch aktuelle Informationen zu gefährlichen »Challenges« auf Social Media. Wer im Unterricht eine Projektwoche anstoßen möchte, kann hier Unterrichtsmaterial bekommen.

https://www.polizeifuerdich.de/
Auf dieser Website informiert die Polizeiliche Kriminalprävention der Länder und des Bundes über ihre Arbeit. Das Themenspektrum ist breit: Hier findet ihr Informationen zu Cybermobbing, aber auch zu Drogen, Internetkriminalität allgemein oder Übergriffen.

https://www.buendnis-gegen-cybermobbing.de/
Das Bündnis gegen Cybermobbing ist ein gemeinnütziger Verein, der über Mobbing im Internet informiert und sich für die Prävention einsetzt. Der Verein berät unter anderem Schulen und die Politik.

https://www.juuuport.de/beratung
Jugendliche finden bei Juuuport unter anderem persönliche Beratung durch andere Jugendliche.

116111
https://www.nummergegenkummer.de/
Unter 116111 erreichst du das Sorgentelefon für Jugendliche. Hier kannst du nachmittags anrufen und über Ängste oder Belastungen sprechen.

4. **Schau hin!** Vielleicht erlebst du, dass enge Freund*innen eine andere Person mobben. Manchmal ist der Druck groß, mitzumachen – oder sich wenigstens nicht dagegenzustellen, selbst wenn das eigene Gerechtigkeitsgefühl protestiert. Ein solches Verhalten ist problematisch, weil die Täter*innen dann von niemandem den Spiegel vorgehalten bekommen.
   Wenn du unsicher bist, wie du in deinem Freundeskreis über Mobbing sprechen kannst, dann wende dich an eine Vertrauensperson. Viele Lehrende sind im Umgang mit Mobbing geschult. Im Jahrgang vor deinem gab es vielleicht ebenfalls Mobbing. Und im Jahrgang davor und im Jahrgang davor. Das macht die Taten nicht richtig oder normal. Vielmehr gilt: Andere Menschen haben Erfahrung damit. Wenn du etwas ändern willst, bitte sie um Hilfe.

5. **Nimm die Taten ernst.** Wer andere bedroht, beleidigt oder Lügen verbreitet, der begeht eine Straftat. Wenn du eine Situation als bedrohlich oder besorgniserregend empfindest, dann ist die Polizei der richtige Ansprechpartner.
   Hast du das Gefühl, dass etwas Schlimmes passieren könnte, zum Beispiel Gewalt oder selbstverletzendes Verhalten, dann ist das ein Notfall. Und Notfälle sind ein Fall für den Notruf: Wähle 110, wenn du denkst, dass jemand in akuter Gefahr schwebt oder sich selbst in Gefahr bringen könnte. Für die Polizei sind solche Fälle Alltag, die Mitarbeitenden wissen, was zu tun ist.

Grundsätzlich kannst du das anonym tun, die Polizei wird dich aber bitten, für sie ansprechbar zu sein. Die Entscheidung liegt dann bei dir.

Handelt es sich definitiv nicht um einen Notfall – es ist also kein Mensch akut in Gefahr –, kannst du dich bei der Internetwache deines Bundeslandes informieren. Jedes hat eine eigene Adresse. Du findest sie, wenn du in deiner Suchmaschine den Begriff *Internetwache* und dein Bundesland angibst.

Cybergrooming

Sich schön fühlen, begehrt, interessant, gesehen und gehört – all dies sind ganz normale Bedürfnisse von Menschen. Und völlig verständlich ist es, dass das Internet genutzt wird, um diese Bedürfnisse zu erfüllen. Interessante Fotos im besten Licht sind eine Variante. Sich selbst attraktiv zu zeigen, ist eine andere. Die Debatte um Fotos ist komplex. Einerseits sind sie eine Form, sich selbst auszudrücken. Die Frage nach der Freiheit gehört dazu. Aber Fotos sind eben auch eine Gefahrenquelle. Zeigen sich junge Menschen als sexy, dann machen sie damit eine bestimmte Gruppe auf sich aufmerksam. »Cybergrooming« heißt das Phänomen: Ältere wenden sich an Jüngere und wollen sie dazu bringen, zum Beispiel Nacktfotos zu schicken.

Bei einer Befragung gaben 24 Prozent der Kinder und Jugendlichen an, Erwachsene hätten sie online zu einer Verabredung aufgefordert – also fast jede*r Vierte. 16 Prozent – also eine*r von sechs – sagten, ihnen sei schon mal eine Gegenleistung für ein Foto oder Video von sich versprochen worden. Die Befragten waren zwischen 8 und 18 Jahre alt. Mädchen und Jungen waren gleichermaßen betroffen.[21]

Die Polizei hat zum Cybergrooming einen Versuch gestartet: Ein sympathischer Name, dahinter die Zahl 13, so meldeten sich Mitarbeitende des BKA (Bundeskriminalamt) in einem Chatroom an. Sie signalisierten damit, dass es sich um ein 13 Jahre altes Mädchen handele. Zehn Sekunden später ploppte die erste Anfrage für einen privaten Chat auf. Nach vier Minuten hatten sich zehn Nutzer gemeldet. Unter anderem sahen die Anfragen so aus:

- Hi, Lust zu chatten, bin 35
- Guten Tag, Hi, mag jüngere (Ruhrgebietler53)
- Wie siehst Du aus, beschreib Dich mal
- Bin 17, noch ok?
- Hoffe, bin nicht zu alt (Oliver 45)
- Bist Du noch Jungfrau (Anaconda33)
- Willst Du mal was aufregendes sehen (Stefan1991)

So berichtete es im Jahr 2019 ein Vertreter des BKA vor einem Ausschuss des Bundestags.[22] Er schreibt, dass die Polizei von einer sehr hohen Dunkelziffer von Daten ausgeht. Das bedeutet: Viele Fälle werden nie bekannt, weil die Opfer sich schämen oder Angst vor den Folgen haben. Deshalb ist es so schwer, Zahlen anzugeben.

Cybergrooming

Kontaktieren Erwachsene Jugendliche und Kinder im Internet und haben dabei sexuelle Hintergedanken, dann spricht man von Cybergrooming. Der Begriff »Cyber« bezieht sich auf das Internet, »Grooming« steht für »Vorbereitung«. Das bedeutet: Hier erschleicht sich jemand das Vertrauen eines Menschen. Ziel des Cybergrooming kann es sein, das Opfer zu überreden, intime Fotos und Videos zu schicken.

Die Täter geben sich möglicherweise als Gleichaltrige aus oder als Talentsucher, zum Beispiel für Model-Agenturen oder Werbekooperationen auf Social Media. Andere geben sich verständnisvoll oder signalisieren der Zielperson, sie sei reifer als andere Menschen. Das hören gerade unsichere Personen gern. Es schmeichelt und es erhebt sie über andere.

Wieder andere machen kleine Geschenke, zum Beispiel Guthaben in Onlinespielen. So erschleichen sie sich das Vertrauen, um später sexuelle Bilder oder Videos zu bekommen. Cybergrooming ist eine Form von sexueller Gewalt und in Deutschland eine Straftat. Schon der Versuch ist strafbar.[23]

Soziale Netzwerke sind nur ein möglicher Ort, an dem Cybergrooming passiert. Die Chatfunktionen von Online-Spielen werden dazu genutzt, aber auch Plattformen, die sich speziell an Jugendliche richten.

Die Täter schicken ein und dieselbe Nachricht an viele Menschen. Das macht wenig Arbeit und es reicht, wenn von vielen einige wenige zurückschreiben. Im Laufe des Kontakts fragt der Täter dann nach Nacktfotos. Einige antworten und verwenden dabei vielleicht Bilder anderer aus dem Netz. Das wird häufig empfohlen, um den Kontakt aufrechtzuerhalten, ohne sich selbst zu entblößen. Doch diese Form der Antwort hat katastrophale Folgen, denn damit verbreitet jemand kinderpornografisches Material anderer Opfer weiter.

Sexting

Auch ohne Bilder entstehen manchmal Kontakte mit sexuellem Charakter. Sexting – also Textnachrichten mit sexuellen Anspielungen – mag harmlos wirken, manchmal sogar lustig oder interessant und schön. Ist das Gegenüber fremd, kann Sexting eine Vorstufe ernsterer und bedrohlicherer Kontakte sein. Sexting kann zur Grundlage von Mobbing werden, weil zum Beispiel eine Gruppe von Jugendlichen sich einen »Spaß« daraus macht, eine andere Person dazu zu verleiten, Intimes preiszugeben.

Wer sich selbst schützen will, der braucht ein gutes Gefühl für die eigenen Grenzen. Manchmal kann es schwierig sein, wohlmeinende Menschen von denen zu unterscheiden, die andere ausnutzen wollen. Dabei spielen Ängste und Unsicherheit eine große Rolle – und die Neugierde und Hoffnung auf interessante Kontakte.

Die gute Nachricht ist: Wir können uns selbst schützen. Und wir müssen dafür nicht auf Soziale Netzwerke verzichten.

So schützt du dich und andere vor Cybergrooming

Opfer von Cybergrooming, Stalking und Bloßstellung vereint oft die Angst, dass die Täter zum Beispiel Fotos oder Videos verbreiten. Wer zum Beispiel Geschlechtsteile in einem Videochat zeigt, der gibt dem Gegenüber damit die Möglichkeit, einen Screenshot zu machen. Erpresst der Täter später seine Opfer damit, entsteht bei diesen das Gefühl, selbst Schuld zu tragen. Zur Angst vor der Bloßstellung kommt die Angst, als schuldig, peinlich, dumm oder selbst notgeil zu gelten. So schützt du dich:

1. *Gewöhn dich daran, deine Grenzen nicht überschreiten zu lassen*

Manchmal mag es üblich sein, Verwandten ein Küsschen zu geben oder neue Bekannte zu umarmen. Wenn dir nicht danach ist: Lass es doch einfach. Unangenehme Berührungen oder zu viel Nähe an der Supermarktschlange – meistens gibt es eine Möglichkeit, zurückzutreten. Du kannst freundlich Nein sagen, das funktioniert auch bei Verwandten. Es gibt viele Situationen im Alltag, die eigentlich die eigenen Grenzen überschreiten. Wenn es normal für dich wird, deine Grenzen zu achten, dann wird es dir leichter fallen, Überschreitungen zu bemerken.

2. *Achte darauf, was du preisgibst*

Ein Nickname, der das Alter verrät, Informationen zum Wohnort, zur Schule oder zu Freundschaften, der reale Name: All dies sind Dinge, von denen man vielleicht gar nicht will, dass Fremde im Netz sie erfahren. Dies kann unabsichtlich geschehen: Ein Screenshot aus der Sport-App könnte die Adresse verraten. Ein Video, in dem jemand getaggt wird, lässt vielleicht Rückschlüsse auf Freundschaften zu und darüber auf die Schule und den Wohnort. Kriminelle können diese Angaben nutzen, um Menschen gegen ihren Willen zu besuchen oder den Freund*innen Nachrichten zu schicken.

Umgekehrt ist es ein Warnsignal, wenn eine fremde Person nach vielen persönlichen Details fragt. Vielleicht bist du zur Höflichkeit erzogen worden und es fällt dir schwer, nicht zu antworten. Bei fremden Menschen im Internet sind genau diese Höflichkeitsregeln eher eine Gefahr. Sicherer ist es, einen Chat kommentarlos abzubrechen, wenn er dir unheimlich wird.

3. *Melde potenzielle Täter*

Vielleicht bist du im Netz schon einmal angesprochen worden oder jemand hat dir Bilder geschickt, die du nicht wolltest. Bilder und Videos von Penissen sind ein gängiges Beispiel. Oder du siehst unter deinen Follower*innen Menschen, mit denen du nichts zu tun haben willst. Es lohnt sich, diese Accounts zu melden und zu blockieren – auch, wenn du dann weniger Follower hast. Denk dabei auch an andere: Du selbst fällst vielleicht nicht auf den Account herein – jemand anderem könnte das aber passieren. Wer verdächtige Accounts meldet, schützt damit alle.

4. *Such dir frühzeitig Hilfe*

Scham und Angst sind groß, wenn die Bilder erst einmal gemacht sind. Gerade dann ist es wichtig, dass du dir professionelle Hilfe suchst. Eltern, Vertrauenslehrer oder Beratungsstellen sind in diesem Fall die richtigen Ansprechpartner*innen. (Informationen zu Hilfsangeboten findest du auf Seite 84.)

5. Vermeide private Nachrichten mit Fremden

In Apps wie Instagram ist nur dein Nickname zu sehen, vielleicht noch ein paar Fotos dazu. Will ein Fremder mit dir in privaten Nachrichten schreiben, frage dich: Warum eigentlich? Gerade sehr allgemeine Ansprachen sind verdächtig – aber alltäglich: »Hey, du hast ein interessantes Profil, ich würde dich gern kennenlernen« klingt freundlich – kann in dieser Form aber per Copy + Paste in wenigen Minuten an Dutzende verschickt werden. Private Chats mit Fremden sind ein deutliches Zeichen dafür, dass der andere sexuelle Kontakte suchen könnte.[24]

6. Achte auf Warnsignale vor Treffen

Täter legen oft besonders viel Wert darauf, dass ein Kontakt geheim bleibt. So schaffen sie ein Gefühl der Gemeinschaft mit ihrem Opfer – und schützen sich gleichzeitig selbst. Will dich jemand treffen und legt dabei Wert darauf, dass es geheim bleibt, ist dies ein klares Warnsignal.

7. Denk daran: Das Opfer ist nicht schuld

Die Behauptung, jemand sei selbst schuld an Straftaten, nennt man »Victim Blaming«: Ein Opfer bekommt eine Mitschuld an etwas, das jemand anderes ihm angetan hat. Tatsächlich handelt es sich bei den Tätern aber um sehr erfahrene Personen, die ihre Taten vielleicht schon viele Jahre lang begehen. Das bedeutet: Sie haben viel ausprobiert und von jedem Scheitern gelernt. So haben sie herausgefunden, wie sie das Vertrauen anderer Menschen gewinnen können. An diesen Taten tragen die Opfer keine Schuld. Schuld tragen die Täter.

To-Go: Lasst Opfer nicht allein

Das Internet ist kein rechtsfreier Raum. Es gelten Gesetze, und Handlungen hier haben Auswirkungen auf die reale Welt und die Menschen. Virtuelle Drohungen sind echte Drohungen, virtuelle Beleidigungen sind echte Beleidigungen.

Wenn Social Media und das Internet ein besserer Ort werden sollen, dann lasst Opfer nicht allein. Das ist das Wichtigste, das wir aus diesem Kapitel mitnehmen können.

Täter sind Täter, Opfer sind Opfer.

Es mag leicht sein, einem Opfer eine Mitschuld zuzuweisen. Es fühlt sich an wie eine gute Geschichte. Wie etwas, über das man gemeinsam lachen kann. Aber wer Opfern eine Mitschuld gibt, der rechtfertigt damit weitere Taten.

Und das ist nicht die Welt, in der wir leben wollen.

5. Die Freiheit

Social Media mag seine dunklen Seiten haben. Aber für viele Menschen eröffnet es eine Chance, die es so nie zuvor gab. Sie können ihre Kunst zeigen, sich über Ideen austauschen, Gleichgesinnte kennenlernen und so ihre persönliche Freiheit entwickeln. Bei politischen Bewegungen, zum Beispiel dem Arabischen Frühling oder den Protesten gegen die chinesische Corona-Politik, spielen sie eine Rolle. Dieses Kapitel erzählt von Menschen, die Social Media für sich und ihre Ideale nutzen.

Social Media als Sprachrohr für eine bessere Welt

»Demokratie ist die schlechteste aller Regierungsformen – abgesehen von all den anderen Formen, die von Zeit zu Zeit ausprobiert worden sind«, sagte einst der britische Politiker Winston Churchill. Demokratie ist anstrengend, umständlich – aber im Idealfall ist sie gerecht. Damit sie gerecht sein kann, müssen Menschen gehört werden. Das macht Social Media zur größten Chance auf echte Demokratie, die diese Welt jemals hatte – und gleichzeitig zu einer Bedrohung. Von Manipulationsmöglichkeiten und Beeinflussung hast du bereits in früheren Kapiteln gelesen. Aber Social Media als Technologie hat etwas in diese Welt gebracht, das es niemals zuvor in der Geschichte gegeben hat: Heute kann jeder Mensch die Stimme erheben und gehört werden. Egal wie leise, egal wie allein, egal wie speziell sich jemand fühlt – da draußen sind andere. Und sie sind bereit, zuzuhören. Vielleicht suchen sie nach genau dem, was du zu sagen hast.

Es gibt Menschen, die verwenden Soziale Netzwerke, um gehört zu werden. Sie beginnen mit einem Foto und haben einige Jahre später Unternehmen geschaffen. Einige engagieren sich gegen den Klimawandel, andere für soziale Gerechtigkeit. Soziale Netzwerke werden eingesetzt, um politischen Druck zu erzeugen und sogar Revolutionen voranzutreiben. Wir sehen im Netz pompöse Kampagnen – und leise Stimmen, die auf der Plattform eine große Reichweite erzeugen, weil sie Menschen sagen, dass sie nicht allein sind. Und dass sie gut sind, wie sie sind.

Jede und jeder kann ein Soziales Netzwerk nutzen, um den eigenen Idealen Gehör zu verschaffen. Darin liegt immer die Erkenntnis: *Ich bin wirklich nicht allein. Und gemeinsam können wir die Welt verändern, damit sie für uns ein wenig besser wird.*

Wie das gelingen kann, haben einige Menschen für dieses Buch erzählt. Es ist keine abschließende Sammlung, es kann noch nicht einmal ein echter Querschnitt der Gesellschaft sein. Es sind ein paar Beispiele aus dem echten Leben. Wir lernen eine Unternehmerin kennen, die sich für ihren ersten Post noch die gesamte Technik ausleihen musste, heute aber etwa 150 000 Euro im Jahr verdient.

Eine Introvertierte erzählt, wie sie leisen Menschen eine Stimme geben will, dabei aber immer wieder kritisch hinterfragt, wie es ihr selbst mit der Öffentlichkeit geht. Wir treffen einen Rollstuhlfahrer, der anderen das Leben aus seiner Perspektive zeigt.

Leben in einer Gemeinschaft kann bedeuten, dass wir nicht nur sehen, was wir selbst vor Augen haben. Social Media ist die große Chance, die Blickwinkel anderer Menschen kennenzulernen oder auszuprobieren – und zu zeigen, wie wir selbst die Welt sehen. So könnte eine Demokratie reifen, die nicht nur nach Mehrheiten funktioniert, sondern nach wahren Interessen. Und nach dem Wunsch, ein gutes Leben für alle zu schaffen.

Utopie?

Klar doch. Aber ein Stück dieser Utopie können wir uns tatsächlich schaffen. In diesem Kapitel liest du die Geschichten von Menschen, die es versuchen.

Reichweite erzeugen für mehr Selbstbestimmtheit

Raúl Krauthausen: Aktivist für Inklusion, Barrierefreiheit und soziale Gerechtigkeit

»Mein Anspruch ist es, aufzuklären«, sagt Raúl Krauthausen. »Ich möchte, dass behinderte Menschen selbstbestimmt leben können.« Krauthausen ist Aktivist für Inklusion, Barrierefreiheit und soziale Gerechtigkeit und hat den Verein Sozialheld*innen gegründet. Er engagiert sich dafür, dass Menschen mit Behinderungen bei Produkten und Dienstleistungen berücksichtigt werden. Krauthausen will Barrieren abbauen. Und diese Arbeit beginnt in den Köpfen. Um da reinzukommen, sind Soziale Netzwerke ziemlich gute Kanäle.

Bei Instagram gibt Krauthausen der Kunst von behinderten Menschen Reichweite und setzt sich dafür ein, dass sie stärker gefördert wird. Er zeigt die Welt aus seiner Perspektive – Krauthausen sitzt im Rollstuhl. Er weist auf Missstände hin, die Menschen mit Behinderungen das Leben schwer machen. »Dafür braucht man Reichweite«, sagt Krauthausen. Bei Instagram folgen ihm mehr als 100 000, bei Twitter fast 50 000. Außerdem moderiert er mehrere Podcasts, unter anderem »Wie kann ich was bewegen?« und »Die neue Norm«.

Für seine Arbeit mit Social Media unterstützt ihn eine Agentur. »Einmal in der Woche gibt es eine Redaktionskonferenz, da überlegen wir gemeinsam, welche Themen gerade relevant sind.« Die Agentur erstellt dann die Posts, Krauthausen selbst moderiert die Kommentare seiner Follower*innen.

Alles begann im Jahr 2007 mit seinem Job beim RBB-Ableger Radio Fritz in Berlin. Raúl Krauthausen ist studierter Kommunikationswirt, seine Aufgabe war es, die Online-Abteilung aufzubauen. Um Social Media besser zu verstehen, legte er für sich selbst Accounts an. Anders als viele andere startete Krauthausen damals direkt mit professionellen Abläufen. »Wenn man beim Radio arbeitet, dann braucht man für alles Redaktionsprozesse«, erzählt Krauthausen. »Das war mein Vorteil.«

Für Krauthausen und seine Kolleg*innen stand die Frage im Zentrum: »Was wissen wir, was andere nicht wissen, das sie aber interessieren könnte?« Fragen wie diese sind entscheidend, um Aufmerksamkeit zu erregen und andere zu begeistern. Und dies müsse immer auf Augenhöhe passieren, nicht belehrend.

»Ich habe dann eine Minute am Tag meinen nicht-behinderten Follower*innen das Leben eines behinderten Menschen gezeigt.« Krauthausen ging es damals nicht um Mitleid. Er wollte die humorvollen Ereignisse erzählen, die schönen, die nicht so schönen und die tragischen Beobachtungen seines Alltags.

Als Aktivist kann Krauthausen inzwischen von seiner Arbeit leben, weil genügend Leute dafür spenden, dass er sie fortsetzen kann. Entscheidend dafür sei aber nicht Social Media, sondern sein Newsletter, ebenfalls unter dem Label »Die neue Norm«.

Auf Social Media werde zu oft vergessen, dass die anderen auch etwas zu sagen haben. Krauthausen verweist auf den Begriff der »Askholes«, also Accounts, die viele Fragen stellen, deren Antworten jedoch nie gelesen werden. »Ich habe mich dabei erwischt gefühlt«, sagt Krauthausen. Denn in Wahrheit tun es alle, die professionell mit Social Media arbeiten: »Auch ich stelle Fragen, um die Interaktion nach oben zu treiben. Aber ich habe oft keine Zeit, die Antworten zu lesen«, sagt er selbstkritisch.

Askholes

Stellen Unternehmen oder einzelne Menschen Fragen in ihren Posts, für deren Antwort sie sich nicht wirklich interessieren, spricht man von »Askholes«, also Fraglöchern. Die Fragen sind für den Account nur deshalb nützlich, weil die Antworten darauf dem Algorithmus signalisieren, dass ein Thema eine Diskussion auslöst, der Post also relevant ist. In der Folge wird er häufiger angezeigt.

»Social Media ist kein Selbstzweck«, sagt Raúl Krauthausen. »Es reicht nicht, Reichweiten zu erzeugen. Man darf es nicht bei einem Post belassen, rummotzen, rummeckern. Dann muss man auch politisch aktiv werden.« Dies sei mit steigender Reichweite natürlich einfacher. »Es gibt aber Tage, an denen ich mir denke: Hör mal lieber auf damit.« Krauthausens Plan ist es deshalb, über seine Kanäle häufiger anderen Aktivist*innen Reichweite zu geben.

In einem Post schrieb Krauthausen, ihm fehle in Sozialen Netzwerken die Freiheit, Fehler zu machen. Denn bei großer Reichweite schauen viele hin. Teil von Krauthausens Redaktionsteam sind deshalb zwei Sensitivity Reader*innen. Ihre Aufgabe ist es, Beiträge und Sprachmuster aufzudecken, die die Gefühle anderer verletzen könnten. »Die Reichweite kommt aber erst mit der Zeit«, sagt Krauthausen. »Es bricht ja nicht beim ersten Post der große Shitstorm aus.«

Menschen, die ein Ziel haben oder eine Idee, rät er vor allem eines: »Anfangen! Anfangen ist wichtig! Denkt nicht zu viel darüber nach. Wer zu viel analysiert, der findet jede Menge Gründe, Dinge nicht zu tun – Analyse-Paralyse nennt sich das.« Es sei vollkommen in Ordnung, aus Fehlern zu lernen, Posts auch mal wieder zu löschen und sich zu entschuldigen. »Kritik ist oft berechtigt, wir können von ihr lernen. Am Ende ist Feedback ein Geschenk.«

Anfänger*innen rät er, klein anzufangen und sich erst einmal auf einen Kanal zu beschränken. Welcher, sei dabei gar nicht entscheidend: »Der, auf dem man am meisten Spaß hat«, sagt Krauthausen. Bei Fotos und Videos sind Untertitel und Bildbeschreibung besonders wichtig, um die Beiträge für alle zugänglich zu machen.

»Social Media macht Spaß«, sagt Raúl Krauthausen. »Da entsteht eine ganz neue Kultur, eine Kunstform: Die Menschen tanzen wie nie zuvor, weil all die TikTok-Dances populär sind. Es gibt Studien, die sagen, dass junge Menschen noch nie so viel geschrieben haben wie heute – und das liegt unter anderem an WhatsApp und Co.« Und darin liege eine Chance. Krauthausens Appell: »Macht etwas daraus! Entwickelt neue Formate. Albert herum. Wir sollten das wertschätzen.«

Mehr über Raul Krauthausen:

Instagram: @raulkrauthausen
Twitter: @raulde
Webseite: https://raul.de/
Podcasts: https://raul.de/podcasts/

Von der Idee zum Unternehmen

Ann-Katrin Schmitz: Managerin für Social-Media-Marketing und Influencer-Marketing

Wer viel Zeit in Social Media steckt, der will damit auch Geld verdienen und im Idealfall sogar eines Tages davon leben können. Genau das wollte Ann-Katrin Schmitz während ihres Studiums auch – und es ist ihr gelungen. Sie baute die Marke »NovaLanaLove« auf, gemeinsam mit ihrer Kollegin Farina Yari, bekannt als Farina Opoku. Ann-Katrin war die Geschäftsfrau neben der Influencerin für Beauty, Fashion und Lifestyle.

Alles begann, als die beiden Frauen noch Studentinnen waren. Ann-Katrin hat Journalismus und Unternehmenskommunikation studiert. Ihre Studien-Freundin Farina hatte in den USA eine neue Social-Media-App kennengelernt – Instagram. Das war im Jahr 2014. »Farina hat nicht einfach nur ins Netz gesendet«, erinnert sich Ann-Katrin. »Sie hat interagiert, ist in den Dialog gegangen und hat Nachrichten beantwortet.« Plötzlich begannen Fremde, sich für Farinas Leben zu interessieren – »und für die Produkte, die darin eine Rolle spielen«.

Ann-Katrin sah das Geschäftsmodell darin: »Marken haben hier eine Chance, sich strategisch zu platzieren.« Was heute das normale Geschäft der Influencer*innen und Creators ist, war damals vollkommen neu. Es gab keine Vorbilder – es gab nur eine Geschäftsidee. Ann-Katrin und Farina setzten eine Webseite auf und starteten einen Blog rund um den Lifestyle von Farina Opoku: Kleidung, Beauty-

Routine, Ernährung. »Instagram war damals der Kanal mit dem größten Wachstumspotenzial«, sagt Ann-Katrin. »Den haben wir also aufgebaut. Außerdem YouTube, Snapchat und Facebook, alles rund um ihre Person herum. Genau so machen wir es bis heute.«

Angebot und Nachfrage

Das Geschäft der Influencer*innen und Creators sieht Ann-Katrin Schmitz als klassischen Fall von Angebot und Nachfrage. Unternehmen brauchen Reichweite und ein positives Umfeld für ihre Produkte und sind bereit, dafür Geld zu bezahlen. Menschen mit großen Social-Media-Accounts können genau dies anbieten.

Das Prinzip von Angebot und Nachfrage gehört zu den Grundlagen der Wirtschaftswissenschaft. Wichtig: Nicht immer ist die Nachfrage zuerst da. Ein attraktives Angebot kann seine eigene Nachfrage schaffen – und attraktiv werden kann es durch die Arbeit von Influencer*innen.

Die Kanäle aufzubauen war harte Arbeit. »Wir sind zu einer Zeit gestartet, als es für diese Art von Arbeit nur sehr wenig Geld gab.« Beide studierten in Vollzeit und verdienten ihr Geld mit Nebenjobs. McDonalds war damals der nächste Ort mit WLAN. Da saß Ann-Katrin also, brachte sich selbst die Grundlagen des Programmierens bei und erstellte die

Webseite. »Wir hatten damals gar kein Geld, um jemand anderen dafür anzuheuern. Ich musste also sehr viel lernen. Das haben wir immer dann gemacht, wenn Studium und Nebenjobs es zuließen.«

Als Medien-Studentin hatte Ann-Katrin Zugang zu professionellem Equipment, konnte sich also eine Kamera leihen, Mikrofone und andere Geräte. »Dann haben wir uns getroffen, Farina hatte ein tolles Outfit an und ich habe Fotos gemacht. Das war der Workflow.« Sie richteten eine E-Mail-Adresse ein – und endlich kamen die ersten Anfragen für Marken-Kooperationen. An den Moment, als NovaLanaLove zum ersten Mal Geld verdiente, erinnert Ann-Katrin sich noch sehr genau. »Ich war mit meiner Mutter im Urlaub. Abends habe ich – wie jeden Tag – in die Zahlen geschaut: Wie viele Menschen haben unsere Seite besucht, wie viele neue Likes haben wir?« Ann-Katrin und Farina hatten damals gerade angefangen, Kleidungsstücke im Blog zu verlinken, um dann vom Unternehmen eine Beteiligung zu bekommen. »Da saß ich also und sah: Jemand hatte eine Fell-Fussel-Jacke gekauft. So haben wir unsere ersten 12,41 Euro verdient.« Damals lief das Projekt etwa ein Vierteljahr.

Ann-Katrin und Farina studierten weiter, konnten später aber ihre Nebenjobs kündigen und von NovaLanaLove leben. Ann-Katrin schrieb ihre Bachelor-Arbeit über E-Commerce, also das Verkaufen im Internet. Während ihrer Präsentation sprach Ann-Katrin über ihre eigenen Erfahrungen mit dem Influencer-Marketing. Direkt im Anschluss bot ein Mitglied der Prüfungskommission ihr eine

Stelle als Dozentin an. Für Ann-Katrins heutiges Geschäft als Beraterin war diese Zeit wertvoll: »So habe ich gelernt, Informationen für Menschen zu verpacken, die noch nicht wissen, wie man Personenmarken aufbaut oder Kanäle für Marken.« Parallel arbeite sie weiter als Managerin von NovaLanaLove.

E-Commerce

E-Commerce bedeutet »Electronic Commerce«, also elektronisches Verkaufen. Dafür ist Wissen über Marketing, Konsumenten-Interessen und Präsentation nötig, aber auch Suchmaschinen-Optimierung und gute Workflows für Produktbeschaffung, Lagerung, Versand und Service. Das Fachwissen dazu gibt es heute im Ausbildungsberuf, außerdem wird es in Studienfächern gelehrt.

Auf die Dauer fehlte ihr in der Rolle als Dozentin aber der Fachbereich der Public Relations (Öffentlichkeitsarbeit), den sie eigentlich mal gelernt hatte. Ann-Katrin kündigte und machte zum Beruf, was sie eh schon tat: »Ich hatte so viele Kund*innen, die ich beraten habe, wie sie mit Influencern zusammenarbeiten.« Diese Beratung gliederte sie aus ihrer Arbeit bei NovaLanaLove aus und bot sie als eigene Leistung an, in Form von Workshops und Masterclasses. Bald kamen öffentliche Auftritte dazu. Und Ann-Katrin erkannte: »Das läuft gut – aber es würde noch viel besser laufen, wenn mehr Leute wüssten, was ich alles weiß.«

Ann-Katrin musste also selbst zu einer stärkeren Personenmarke werden. Sie startete den Podcast »Baby Got Business«, um mehr potenzielle Kund*innen zu erreichen. »Damals war ich die Einzige, die schon fünf Jahre Berufserfahrung hatte – in einer Branche, in der eigentlich niemand Erfahrung hatte.« So konnte sie ihr Wissen zum Geschäft machen. Heute erklärt sie auf großen Bühnen, was im Influencer-Marketing State of the Art ist.

»Das Gute an diesem Beruf: Er stand schon immer entgegengesetzt zu klassischen Arbeitszeiten. Wenn du Lust hast, kannst du dich nach Studienende und nach Feierabend nachts und in den Pausen hinsetzen und an deinem eigenen Projekt arbeiten«, sagt Ann-Katrin. »Das ist nicht immer einfach, es erfordert sehr viel Motivation.« Ann-Katrin arbeitet regelmäßig bis 20 Uhr am Abend, aber: »Wenn ich eine Deadline habe, stehe ich nicht auf, bis ich fertig bin. Neulich war es zwei Uhr in der Nacht.«

Bis heute hat Ann-Katrin keine klassischen Arbeitszeiten. Und NovaLanaLove ist nicht einfach nur ein Account, dem mehr als 1,7 Millionen Menschen folgen. Es ist ein Unternehmen mit Rechtsform, Angestellten und freien Mitarbeitenden. Ann-Katrins Job ist das Business, das Geschäft. Bei Baby Got Business beschäftigt sie ebenfalls Angestellte, eine Agentur und Freiberufler*innen. »Allein an einer Podcast-Folge sind sieben Leute beteiligt: Ich als Host, der Gast, eine Redakteurin, eine Projekt-Managerin, ein Audio-Ingenieur, jemand, der schneidet, und meine Assistentin.«

Ihr Geld verdient Ann-Katrin als Geschäftsführerin von NovaLanaLove, dort bekommt sie ein festes Gehalt. Dazu kommen ihre Einnahmen von Baby Got Business, zum Beispiel aus Beratungsleistungen oder von Bühnenauftritten, außerdem Werbung im Podcast und gelegentlich Einnahmen von Kooperationen auf ihrem Instagram-Kanal. »Dieses Geld investiere ich direkt wieder in das Projekt, bezahle die Leute und investiere in Wachstum.« Am Ende des Jahres bleiben etwa 150 000 Euro übrig.

Der vielen Arbeit stellt sie auch mal einen freien Tag gegenüber, »dafür ist man ja seine eigene Chefin«, sagt sie. Ist sie froh, wenn sie auch mal offline sein kann? »Nein«, sagt Ann-Katrin gedehnt. »Ich genieße das! Ich genieße es, an freien Tagen Social Media aus der Perspektive einer Nutzerin zu nutzen. Scrollen. Instagram-Stories ohne Business-Brille anschauen. An freien Tagen nutze ich Social Media, wie man es nutzen sollte.«

Mehr über Ann-Katrin:
Instagram: @himbeersahnetorte und @babygotbusiness
Webseite: https://babygotbusiness.com/
Podcast: Baby Got Business

Wer willst du heute sein?

Anonym

An manchen Tagen wären wir gern jemand anderes. Und viele haben dieses Gefühl an eigentlich jedem Tag. Nichtbinäre Menschen zum Beispiel. Für sie ist das Internet ein Ort, an dem sie verschiedene Identitäten annehmen können. Sie probieren sich aus. Ein Beispiel ist die Geschichte von Alex. Alex heißt eigentlich anders, ist aber eine wirklich lebende Person, die exakt so ist, wie sie hier beschrieben wird. Und mit den Pronomen fängt es schon an: Er oder sie? »Es ist beides falsch«, sagt Alex, »deshalb habe ich kein Pronomen gewählt«. Die neuen Formen – sier, xier – fühlten sich für Alex nie richtig an. Also einfach: Alex.

Pronomen

Dieses Kapitel wird sich für dich vielleicht ungewohnt anfühlen, weil die Pronomen fehlen. Dieses leichte Unwohlsein beim Lesen ist ein Symptom dessen, was sich gerade in unserer Gesellschaft ändert. Unsere Sprache ist noch nicht bereit, mit Menschen umzugehen, die weder Er noch Sie sein wollen. »Es« passt natürlich nicht, denn dieser Begriff kennzeichnet Sachen (in der Tradition unserer Sprache allerdings auch Kinder und Mädchen). Im Englischen sagt man »they«, das fügt sich nahtloser in die Sprache ein. Einige schreiben ihre Pronomen in ihre Social-Media-Profile, um zu zeigen, wie sie angesprochen werden möchten: (sie/ihr) zum Beispiel. Sie tun dies auch, um Solidarität mit trans* Menschen zu zeigen, weil durch die Nennung darauf hingewiesen wird, dass das Aussehen einer Person nicht immer auf die Pronomen schließen lässt.

Alex wurde als Frau erzogen. Mit ungefähr 13 Jahren wurde Alex bewusst, dass dieses Geschlecht nicht wirklich passte. Im Internet fand Alex eine Beratungsstelle für homosexuelle Jugendliche. Alex gab sich als Junge aus und tauschte einige E-Mails mit einem Berater aus. »Das war mein erster Identitätsschwindel«, erzählt Alex heute. Etwas später entdeckte Alex Soziale Netzwerke für sich. Seitdem probiert Alex immer wieder neue Identitäten aus und tauscht Nachrichten mit anderen. Für Alex war es ein Rollenspiel, nur eben nicht in Spielen, sondern mit Persönlichkeiten.

Fühlt sich das nicht wie Betrug an?

»Ich lasse die Kontakte nie tief gehen«, erzählt Alex. »Ich möchte niemandem Schaden zufügen oder Bindungen aufbauen.« Alex sucht andere, denen es ebenso geht, die die gleichen Dinge mögen oder einfach nur Lust auf ein wenig Plauderei haben. Die alternativen Identitäten bekommen aber keine virtuellen Freundeskreise.

»Mir geht es nicht um Täuschung und Betrug«, sagt Alex. »Mir geht es darum, verschiedene Aspekte meiner Persönlichkeit auszuprobieren.« Dies konnte Alex in Sozialen Netzwerken. Im echten Leben ging das nicht: Die Eltern waren in der ersten Zeit unsicher und beim Start ins Berufsleben sorgte Alex sich, diskriminiert zu werden.

Alex nutzt das Internet seit vielen Jahren, um sich selbst auszuprobieren. Eine der Identitäten, die Alex in dieser Zeit für Rollenspiele verwendet hat, wird inzwischen wichtiger für das Alltagsleben. Durch die Experimente in Social Media konnte Alex testen, wie verschiedene Aspekte der Persönlichkeit im Umgang mit anderen funktionieren.

Heute weiß Alex sehr genau, wer dieser Mensch eigentlich ist: Alex. Doch die Rollenspiele bleiben.

Sind sie nicht manchmal anstrengend?

»Ich muss mich nicht festlegen«, sagt Alex. »Ich kann einfach wechseln, wenn ich mich mal mehr nach der einen oder anderen Persönlichkeit fühle. Im realen Leben steckt von vielen dieser Persönlichkeiten etwas in mir. Oft sind nur Details angepasst und es gibt Ähnlichkeiten zu anderen Identitäten.«

Wer sich unter falscher Identität im Internet bewegt, der trägt Verantwortung für jene, die Kontakt zu dieser falschen Identität haben. Alex nimmt diese Verantwortung ernst und hält die Kontakte deshalb oberflächlich. Aber nicht jeder entscheidet so. Wenn du das vierte Kapitel (über Kriminalität) schon gelesen hast, dann weißt du, dass alternative Identitäten manchmal genutzt werden, um andere zu manipulieren und dann zu erpressen. Selbst ohne kriminelle Absichten kann es passieren, dass jemand unter falscher Identität mit anderen in Kontakt kommt und Gefühle entstehen.

Darin liegt eine große Verantwortung.

Ein Sprachrohr für leise Menschen

Melina Royer: Autorin und Unternehmerin

Melina Royer war nie der Typ, der sich auf eine Bühne stellt und etwas erzählt. Genauer gesagt war sie auch nicht der Typ, der sitzen bleibt und etwas erzählt. Melina versteht sich als schüchtern und introvertiert. Ihre Gedanken und Sorgen macht sie eher mit sich selbst ab, als dass sie sie nach außen trägt. In den Sozialen Netzwerken hat sie als @vanillamindde trotzdem eine große Reichweite. Auf Pinterest und Instagram sehen viele Tausend Leute ihre Posts. Sie schreibt Dinge wie: »Introvertierte lieben Menschen. Nur eben nicht in Massen.« Oder: »*Nichts* ist eine völlig akzeptable Antwort auf die Frage: Was hast du dieses Wochenende vor?« Und: »Falls es dir heute noch niemand gesagt hat: Du bist stark und du gibst dein Bestes.«

Ihre Beiträge erhalten viel Zustimmung von anderen, die sich still und manchmal unterlegen fühlen. Melinas Posts geben ihnen das Gefühl, nicht allein zu sein – und genau so wirkten die Reaktionen auf sie zurück.

Wie fing alles an? »Ich habe nicht dagesessen und mich gefragt: Wie kann ich mich sichtbar machen?«, erzählt sie. Melina hatte Instagram privat installiert und postete Bilder ihrer Füße im Sand, ganz klassisch also. Im Jahr 2014, kurz nach ihrem Start in die Selbstständigkeit, gründete Melina die Plattform vanillamind.de. Angefangen hat sie mit einem Beautyblog, das gilt für viele der Creators, die heute für gesellschaftliche Themen stehen, zum Beispiel die Aktivistin und Unternehmerin Madeleine Darya Alizadeh, bekannt als @dariadaria. Sie setzt sich heute unter anderem für Umweltschutz, Nachhaltigkeit und Mental Health ein.[1]

Introversion

Introvertierte sind eher in sich gekehrt. Sie beobachten eher, als dass sie aktiv werden, und sie bevorzugen oft ruhigere Umgebungen. Fühlen sich Introvertierte erschöpft, dann tanken sie Energie auf, indem sie etwas Zeit allein mit sich selbst verbringen. Unter Menschen leeren sich ihre Akkus schneller.

Das Gegenteil ist die Extravertiertheit, also ein eher nach außen gewandtes Verhalten. Das Spektrum von Introversion bis Extraversion gehört zu den »Big Five« der Persönlichkeitsmerkmale und ist unterschiedlich ausgeprägt.

Introversion sollte nicht mit Schüchternheit verwechselt werden. Wer schüchtern ist, fühlt sich neuen Bekanntschaften gegenüber eher verunsichert. So kann es sowohl Introvertierten als auch Extravertierten gehen.

Für Melina war der eigene »Auftritt« in Social Media eine nützliche Übung in Sachen Selbstsicherheit. Sie empfand Social Media als Plattform für Selbstdarstellung – und genau die wollte sie üben. Ein wenig Selbsttherapie war dabei, denn sie empfand sich als zu schüchtern, zu still. »Ich wollte freier werden. Und ich wollte Hemmungen abbauen.« Den

Instagram-Account nutzte sie, um das zu trainieren, was sie als persönlichen Mangel empfand. »Ich fand es online leichter, auf Menschen zuzugehen, als vor Ort auf Kundschaft.« Bald begann sie, über Schüchternheit zu schreiben, auf ihren Plattformen und auf den Seiten anderer. »Man kann schüchtern sein und trotzdem Erfolg haben«, mit dieser Idee wurde Melina bekannter – und bekam eine Einladung für einen TV-Beitrag. Danach wuchs ihre Reichweite enorm.

»Die Rückmeldung war: Sprich mehr über das Schüchternsein, sprich mehr über das Introvertiertsein«, erinnert sie sich. »Es gibt so viele Menschen da draußen, denen geht es genau wie mir. Und es ist wichtig, dass sich eine Person traut, darüber zu sprechen.« So will Melina anderen das Gefühl geben, gesehen und gehört zu werden. Heute empfindet sie ihre Introversion nicht mehr als Mangel, sondern schlicht als Eigenschaft. Und diesen Weg will sie anderen zugänglich machen.

Doch aus einer guten Idee entsteht noch keine Reichweite. »Das war harte Arbeit«, sagt sie heute. Wer bei Instagram wachsen will, der muss sich an die Regeln der Plattform halten. Für Melina bedeutete das: »Ich musste ständig checken, welche neuen Features es gab, und die sofort nutzen, um vom Algorithmus bevorzugt zu werden.« Das war anstrengend. »Irgendwann merkst du: Du kommst nie wirklich an. Die Plattform verändert sich, aber du hast keine Kontrolle darüber.«

Stundenlang scrollte sie nach Inspiration für ihre eigene

Arbeit, folgte anderen Accounts, die sich mit Instagram-Marketing befassen, erstellte Pläne für ihre Posts, die alle gemeinsam ein schönes Feed-Design ergeben mussten. »Am Anfang war es nur der Feed. Und dann kam immer mehr dazu: TV, Stories, Reels. Plötzlich musst du SO viel Content in verschiedenen Formaten produzieren. Das nimmt viel Zeit ein – selbst mit guter Planung.« Instagram wurde für sie zu einem Job. Allerdings rät sie beim Berufswunsch Creator zur Vorsicht: »Du hast das Gefühl, sehr produktiv zu sein – aber für eine lange Zeit bekommst du nichts aufs Konto.«

Zu einer Einkommensquelle ist Social Media bei Melina nicht geworden. Zwar bekam sie Kooperationsanfragen von Unternehmen. Wirklich gelohnt hätten die sich aber nicht und häufig waren Produkte dabei, die Melinas Werten nicht entsprachen. Ein Problem, von dem viele Creators berichten. Ihr Geld verdient sie deshalb anders, teilweise mit ihrer Arbeit als Grafikdesignerin, mit Online-Kursen, ihren Büchern und ihrem Podcast Still & Stark.

Profitieren die nicht von ihrer Reichweite auf Social Media? »Schon«, sagt Melina. Wichtiger sei aber, dass sie zusätzlich einen Newsletter verschicke, um auf ihre Arbeit aufmerksam zu machen. Ihre Arbeit mit dem Netzwerk Pinterest half beim Aufbau des Newsletters, Instagram weniger. Wichtig sei es außerdem, dass ihre Beiträge in Suchmaschinen gefunden werden: »Das sind Menschen, die wollen ein Problem lösen. Vielleicht geht es um Schüchternheit oder das Hochstapler-Syndrom.« Diese kämen über Suchmaschinen und blieben am Newsletter hängen, folgten ihren Beiträgen auf Social Media – und kauften eher Bücher oder Kurse, die Melina anbietet.

»Alle sprechen von Reichweite. Aber ein Social-Media-Account ist kein Ersatz für eine ordentliche Webseite«, warnt sie. Social Media funktioniert hervorragend, um über Ideen zu sprechen und sie bekannter zu machen. Wer jedoch im Netz und mit eigenen Inhalten Geld verdienen will, der brauche mehr als Postings und Follower*innen. »Eine Zeit lang habe ich zu viel Energie in Posts investiert und zu wenig über meine Botschaft nachgedacht und über das, was den Menschen wirklich hilft. Und immer dann kostet Social Media mehr, als es zurückgibt.«

Heute tritt Melina in Sozialen Netzwerken kürzer: »Es ist gut, um mit anderen Menschen in Kontakt zu kommen«, sagt sie über die Plattformen. Der Preis für weiteres Wachstum sei ihr allerdings zu hoch, deshalb konzentriert sie sich auf die, die ihr bereits folgen. Sie nutzt Instagram vor allem, um anderen zuzuhören: Was denken sie über die neue Folge ihres Podcasts? Wie geht es ihnen mit bestimmten Alltagssituationen, die viele Introvertierte als Herausforderung empfinden?

Mit zunehmender Reichweite steigt die Gefahr, dass die Zahlen so wichtig werden, dass die Leute, die tatsächlich neugierig auf die Inhalte seien, aus dem Fokus rutschen, warnt Melina. »Aber Social Media kann dir unglaublich viel geben. Du merkst: Du bist nicht allein. Und es gibt viele Menschen, die sich für das interessieren, was ich zu sagen habe.«

Wer bei Sozialen Netzwerken vor allem den Faktor »sozial« bedenkt, der kann Instagram nutzen, um mehr über seine Welt und das eigene Fachgebiet zu lernen. »Die meisten anderen Medien sind Einbahnstraßen. Nirgendwo kannst du so schnell mit Menschen in Kontakt treten und von ihren Erfahrungen lernen wie auf Social Media«, sagt Melina. Und manchmal vergehen Wochen, in denen Melina nicht postet, sondern einfach nur zuschaut und zuhört – oder einfach mal die App nicht öffnet.

Ist das schlecht fürs Geschäft?

»Nein«, sagt Melina. »Jeder braucht mal eine Pause.« Auch ein Geschäft, für das Reichweite auf Social Media ein wichtiger Faktor ist, vertrage mal ein Tal oder einen Rückgang eben dieser Reichweite. »Mein Lebensunterhalt setzt sich aus verschiedenen Einnahmequellen zusammen und da liegt auf Instagram kein zu großes Gewicht. Als Selbstständige bin ich es gewohnt, kein konstantes Einkommen zu haben, sondern mal mehr, mal weniger einzunehmen und entsprechend zu wirtschaften.«

Mehr über Melina:
Instagram: @vanillamindde
Webseite: https://vanilla-mind.de/
Podcast: Still & Stark

Wie du bekannt machst, was alle wissen sollten

Anna Aridzanjan, Journalistin

Es kommt oft vor, dass Menschen merken, dass das, was ihnen gerade am Herzen liegt, in der Öffentlichkeit nicht genug diskutiert wird. So erging es Anna Aridzanjan. Anna ist Armenierin und Deutsche; sie lebt, seit sie ein kleines Kind war, in Deutschland. »Mach das mal viral« ist eine Ansage, die sie in ihrer beruflichen Laufbahn häufig gehört hat – Anna gehört zu den wichtigsten Social-Media-Expertinnen der Medienbranche und Aufmerksamkeit erzeugen ist ihr Spezialgebiet.

Doch dann wurde die armenische Bevölkerung in Bergkarabach von Aserbaidschan angegriffen, teilweise vertrieben oder getötet – und dieser Konflikt ging alles andere als viral: Es gab eine Nachricht in den Medien. Hintergründe? Fehlanzeige. »Das las sich, als würde Aserbaidschan eigenes Gebiet zurückerobern«, sagt Anna. »Aber historisch betrachtet lebten dort schon seit vielen Jahrtausenden überwiegend armenische Menschen.«

Anna begann zu recherchieren. Und Social Media wurde eine gute Quelle: »Ich war schockiert. Das Thema ist riesig – aber es wurde nur wenig berichtet.« Annas Ziel: Sie wollte verständlich erzählen, warum der Angriff auf Bergkarabach relevant ist.

Dass so wenig berichtet wurde, ist aus Annas Perspektive verständlich. Der Angriff auf eine kleine Region – weit weg – betrifft uns hier in der Regel nicht persönlich. »Das Erste, was sich jemand fragt, der eine Nachricht aus dem

Ausland liest: Was hat das mit mir zu tun? Das ist völlig normal. Und deswegen müssen wir diese Brücke bauen.« Nur wer von einem Thema weiß, die Hintergründe versteht und die Auswirkungen, kann eine fundierte politische Meinung entwickeln. Das ist das ganz schön viel Arbeit, weil jede Information geprüft werden muss. Verifikation nennt sich dieser Prozess.

Herausfinden, ob's stimmt: Verifikation

Dass jemand etwas ins Internet schreibt, heißt noch lange nicht, dass die Information wahr ist. Das gilt insbesondere, wenn es Ereignisse betrifft, die gerade erst passieren. Manchmal irren sich die Nutzer*innen, teilen Beiträge, ohne sie zu prüfen – oder verbreiten bewusst Lügen. Dann spricht man von Fake News – gefälschten Nachrichten. Als Journalistin mit vielen Jahren Berufserfahrung hat Anna Aridzanjan einiges darüber gelernt, wie sie Informationen aus Sozialen Netzwerken auf ihre Richtigkeit überprüft. Ihre Tipps:

1. **Verschaff dir ein Gefühl für die Quelle.** Werden die Person, der Account oder die Webseite häufig zitiert – auch von Medien, die für ihre journalistische Integrität bekannt sind? Wenn es einen Link gibt: Gibt es auch ein Impressum? Ist diese Seite glaubwürdig, ist der Absender objektiv?
2. **Gibt es eine zweite Quelle?** Wenn eine andere Person oder Institution das Gleiche sagt, sich aber

nicht auf die gleiche Quelle bezieht, dann ist die Wahrscheinlichkeit größer, dass die Behauptung stimmt.

3. **Finde heraus, ob ein Bild wirklich neu ist.** Manchmal zeigen Menschen Fotos früherer Ereignisse, um Lügen über etwas zu verbreiten, das aktuell passiert. Ob ein Bild schon früher im Netz stand, kannst du hier recherchieren: https://www.google.de/imghp. Tippst du auf das Kamera-Symbol, kannst du auch Screenshots hochladen.
4. **Schaffe dir Netzwerke.** Leute, die sich mit einem Thema richtig gut auskennen, sind oft froh, wenn andere sich bei ihnen melden. Schließlich habt ihr beide das gleiche Interesse: Ihr wollt auf etwas aufmerksam machen.

Anna gibt aber zu bedenken, dass gerade gut informierte Menschen nicht immer die Zeit oder Energie haben, zu antworten. Nicht persönlich nehmen! Das liegt in der Regel daran, dass die Person zu viel anderes zu tun hat. Aber er oder sie hat immer noch das gleiche Ziel wie du.

Als Anna begann, Informationen zum Angriff auf Bergkarabach zu verbreiten, lernte sie viele neue Menschen kennen. Denn Armenier gibt es überall auf der Welt, viele flohen im frühen 20. Jahrhundert vor dem Völkermord in ihrem Land. Man spricht von *spyurk*, der armenischen

Diaspora – armenische Gemeinschaften in verschiedenen Ländern, die sich zusammengehörig fühlen. Der Konflikt nahe ihrer Heimat brachte sie zusammen.

Aufklärungsarbeit kann bedeuten, dass man sich jeden Tag viele Stunden mit einem Ereignis beschäftigt. Und diese Dauerhaftigkeit brachte Anna an ihre Grenzen. »Ich hatte irgendwann das Gefühl, ich darf nichts verpassen – aber ich komme auch nicht mehr hinterher«, sagt sie heute.

»Irgendwann kam der Punkt, an dem ich gesagt habe: Ich muss für eine gewisse Zeit am Tag den Stecker ziehen.« Anna half ein Zeitplan, mit dem sie auf sich selbst achtete. »Ich habe mir dann vorgenommen, höchstens drei Stunden am Tag mit Social Media zu verbringen.« Sie verteilte diese Zeit auf drei Tageszeiten, an denen sie konzentriert für ihr Thema arbeitete. Das bedeutete: Für andere Social-Media-Beiträge oder Nachrichten war sie außerhalb dieser Zeiten nicht empfänglich. »Das war extrem hart! Auch, weil man andere vielleicht vertrösten muss – das erzeugt schlechte Vibes. Aber es hat mir geholfen, meine Kräfte einzuteilen.«

Anna fand aber häufig Verständnis dafür, dass sie sich mehr zurückzog. Wer Selbstschutz vorlebt, der wird damit schließlich zum Vorbild für andere, die Überforderung spüren, sich aber vielleicht noch nicht trauen, in ihrer Arbeit etwas nachzulassen.

Um niemanden zu belasten, stellt Anna bestimmten Inhalten Content Notes oder Triggerwarnungen voran. »Die Menschen können sich dann entscheiden, ob sie mir weiter folgen wollen oder eben nicht. Oder ob sie meine Beiträge stummschalten.« Es sei durchaus menschlich und verständlich, dass nicht jede*r Kapazität habe, um etwas über einen Krieg in einer anderen Region zu lesen. »Die habe ich auch nicht immer«, sagt Anna. »Es ist ein hartes Thema, es inspiriert dich nicht, es bringt dir – erst einmal – nichts.«

Eben deshalb könne man nicht erwarten, dass andere sich in Eigenleistung über ein Thema informieren, das sie auf den ersten Blick nicht betreffe. Eben deshalb bietet Anna die Informationen an: um Aufmerksamkeit für etwas zu erzeugen, das viel zu oft übersehen werde. »Dafür muss ich die Menschen dort erreichen, wo sie sind. Also muss ich es bei Instagram machen, manchmal zwischen Katzenvideos und Familienfotos.«

Falls du selbst Social Media für Aktivismus nutzen möchtest, schlägt Anna einige Regeln vor:

Finde heraus, ob das, was du postest, wirklich stimmt. Tipps für die so genannte Verifikation findest du im Infokasten auf Seite 176.

Such dir Gleichgesinnte. Es ist unwahrscheinlich, dass du mit deinem Thema allein bist. Andere, die sich mit den gleichen Sorgen befassen, können Verbündete werden oder eines Tages sogar gute Freund*innen.

Geh achtsam mit deinen Ressourcen um. Wenn du

nicht mehr kannst, mache eine Pause. Oder, noch besser: Mach eine Pause, bevor du nicht mehr kannst.

Schütze deine Zielgruppe. Nicht jede*r hat gerade die Stärke, sich mit deinem Thema zu befassen. Das gilt insbesondere, wenn es um Formen von Gewalt geht. Triggerwarnungen und Content Notes (siehe Seite 102) helfen deinen Follower*innen, selbst zu entscheiden, ob sie sich deinem Thema gerade gewachsen fühlen.

Tagge keine Unbeteiligten. Natürlich ist dein Thema wichtig. Aber wenn du Personen taggst, die mit deinem Thema nur am Rande zu tun haben, dann dringst du damit in ihren Alltag ein. Das schadet der Akzeptanz.

Nimm anderen nicht ihre Bühne. Postet jemand etwas anderes, dann poste nicht dein Thema in die Kommentare. Die andere Person hat selbst etwas zu sagen. Wenn du dir von ihm oder ihr Unterstützung für dein Thema suchst, dann frag lieber – und halte aus, dass die Antwort manchmal Nein lautet.

Mehr über Anna:
Twitter: @textautomat
Instagram: @textautomat

Revolution online?

Social Media kann genutzt werden, um die Welt zu verändern. Als im Februar 2011 gerade das begann, was wir heute »Arabischer Frühling« nennen, besetzten Demonstranten den Tahir-Platz in Kairo. Bei ihnen stand ein Mann, ungefähr 60 Jahre alt. Er hielt ein Plakat hoch. Darauf: das Facebook-Logo. Zu einem Radio-Reporter sagt er: »Das ist eine Facebook-Revolution, eine Revolution der Jugend. Sie hat's vollbracht. Mein Dank an die Jugend Ägyptens!«[2]

Im Internet reden, in der physischen Welt etwas bewegen: So könnte Aktivismus tatsächlich die Gesellschaft verändern. Das Netz fühlt sich für viele wie ein sicherer Raum an, in dem sie neue Ideen ausprobieren und diskutieren können, ohne sich dabei persönlich angreifbar zu machen. So werden die Revolutionen im Nahen Osten und Nordafrika im Jahr 2011 auch der Aktivität junger Menschen in Sozialen Netzwerken zugeschrieben.[3] Damals hatten zum Beispiel in Ägypten junge Oppositionelle über Twitter und Facebook zu Demonstrationen aufgerufen. Bald schlossen sich Menschen aller Altersgruppen an. Vielerorts kam es zu Gewalt, Regierungen wurden gestürzt. Nachhaltig demokratisiert wurden die Länder nicht und bis heute fühlen sich viele nicht frei. Aber Expert*innen sind sich einig, dass Soziale Netzwerke eine Rolle gespielt haben: Sie halfen der Opposition, also den Gegnern der Machthaber, zu zeigen, dass sie da sind und dass sie etwas tun wollen. Davon fühlten sich viele angesprochen – sowohl inhaltlich als auch von der Bewegung, die sich formte.[4]

Dass in diesen ersten Wochen des Jahres 2011 etwas entstand, was davor (und danach) nicht passierte, liegt an einem Effekt, den die Wissenschaft »Illusion der Mehrheit« nennt. Zu solchen Effekten muss man vorab wissen: Sie sind neutral. Sie funktionieren also für Gutes, aber auch für gesellschaftlich Umstrittenes oder für Themen, die wir vielleicht als »böse« einordnen würden.

Du hast in diesem Buch bereits von Filterblasen oder Filterbubbles gehört. Zur Erinnerung: Zeigt ein Algorithmus den Nutzenden für sie ideale Inhalte, dann führt das dazu, dass sie weniger Beiträge sehen, die ihrer Meinung oder ihrem Geschmack widersprechen. Gleichzeitig entscheiden Menschen aktiv, wessen Posts sie folgen und wessen nicht. Das Ergebnis nennt man Filterbubble oder Echokammer: Wie in einer Blase sehen wir nur noch das, was wir sehen wollen. Das kann aber zu einem merkwürdigen Szenario führen – und jeder kann es selbst ausprobieren, zum Beispiel mit dem »Discovery«-Feed in der Instagram-App. Denn der zeigt nicht nur an, was wir sehen wollen. Er spielt zusätzlich Beiträge aus, von denen er *berechnet*, dass wir sie sehen wollen könnten. Wie das genau funktioniert, steht in Kapitel 1 (»Die Apps und was hinter ihnen steckt«).

Filterblasen und Echokammern
Ein Problem der Algorithmen, die sich an Interessen orientieren, ist die Vereindeutigung: Wer immer wieder die gleichen Inhalte oder Positionen bevorzugt, wird diese überwiegend angezeigt bekommen. Es entsteht die sogenannte »Filterbubble«, bei der Nutzende nur noch sehen, was ihnen gefällt. Die Gegenperspektive wird ausgeblendet. Und wie bei einem Echo hören wir das, was wir selbst gesagt haben. So kann es passieren, dass sich Menschen im Alltag weniger bewusst sind, dass es zu ihren Positionen auch Gegenmeinungen gibt.

Nehmen wir als Beispiel den Rechtsstreit zwischen Johnny Depp und Amber Heard. Der Schauspieler und die Schauspielerin waren zwei Jahre lang verheiratet und warfen sich nach der Scheidung gegenseitig häusliche Gewalt und Verleumdung vor. Während die beiden vor Gericht stritten, wurden täglich Bilder und Videos des Prozesses in Sozialen Netzwerken veröffentlicht, kommentiert und diskutiert. Wer bei Instagram auf einen dieser Beiträge tippte, sah bald mehr davon im Discovery-Feed.

Nach ein paar Tagen mischten sich plötzlich misogyne Beiträge darunter, also Posts, die den Hass auf Frauen verbreiten. Auch auf YouTube und Twitch verdienten Creators viel Geld mit Beiträgen zum Prozess. Dazu sagte der Creator Rowan Winch der Washington Post: »Wenn die Leute etwas machen, um Amber Heard zu verteidigen, dann verlieren sie Follower*innen. Viele wichtige Creators interessiert [der Prozess] wahrscheinlich gar nicht so sehr – aber sie interessieren sich für die Views, die sie damit bekommen.«[5]

Formal betrachtet passiert das hier:

1. Menschen posten Beiträge mit einer bestimmten Haltung, um damit Reichweite zu erzeugen.
2. Andere interessieren sich für diese Inhalte und tippen sie an.
3. Eine Teilmenge dieser Menschen interessiert sich gleichzeitig für frauenfeindliche Posts, also Misogynie.
4. Alle, die sich für das ursprüngliche Thema (den Prozess) interessieren, sehen die frauenfeindlichen Posts ebenfalls.
5. Vielleicht aus Neugierde, vielleicht versehentlich tippen sie diese Posts an und bestätigen damit das Angebot des Algorithmus. Die Inhalte werden also weiter verbreitet.

Verstärkt wird dieser Effekt, wenn die Personen mit einer spezifischen Haltung besonders gut vernetzt sind.[6] In diesem Fall also Menschen mit misogyner Einstellung, im Fall des Arabischen Frühlings jene, die politisch etwas verändern wollen.

Was nun entsteht, nennen Wissenschaffende die »Illusion der Mehrheit«[7]: Menschen sehen viele einseitige Beiträge zu einem Thema und weniger Posts, die andere Meinungen vertreten. Es entsteht der Eindruck, dass sich hier eine Mehrheit gebildet hat. Wer unsicher ist, noch keine eigene Meinung hat oder wenig Erfahrung, könnte nun umschwenken und sich dieser scheinbaren Mehrheit anschließen. Dabei gibt es viele mit anderer Meinung. Sie sind nur aus der eigenen Perspektive weniger sichtbar.

Ein gewisses Maß an Gegenrede findet zwar statt, zum Beispiel in den Kommentaren. Wenn diese Gegenrede aber hart kritisiert wird, verstärkt sich der Eindruck einer starken Mehrheit eher.

Das Gleiche sei in der Zeit des »Arabischen Frühlings« passiert, also während der Revolutionen in Ägypten und anderen Ländern. Junge Menschen riefen zum Widerstand auf, unter ihnen Frauen wie die Aktivistin Asmaa Mahfouz, die ein Ende der Unterdrückung forderten. Asmaa veröffentlichte damals ein Video, in dem sie ankündigte, auf die Straße zu gehen. In einem Interview erzählte sie später, sie habe sich darüber geärgert, dass so viele auf Facebook geklagt hatten, niemand würde etwas tun. Also postete sie, dass sie zum Tahir-Platz gehen würde.[8]

Immer mehr junge Menschen veröffentlichten ähnliche Beiträge und so wuchs die Begeisterung in der Bevölkerung. Der Tahir-Platz wurde voller. Und die Revolution begann.

Bis heute sind Soziale Netzwerke ein wichtiges Mittel des Austauschs, wenn Menschen politisch aktiv sind. Nur hier haben sie die Möglichkeit, schnell viele andere zu erreichen. Entsprechend schränken autoritäre Staaten das Internet häufig ein, wenn Unruhen beginnen. So geschah es im Sommer 2022 in Iran[9]: Eine 22-Jährige wurde wegen eines »unislamischen Outfits« festgenommen. Später starb sie an den Folgen körperlicher Angriffe. Viele protestierten, im Netz wie auf den Straßen. Auch dabei starben immer wieder Menschen. Viele Frauen äußerten ihren Unmut in Sozialen Netzwerken oder riefen zu weiteren Protesten auf.[10] Die Regierung sperrte Instagram; WhatsApp funktionierte nur noch sehr eingeschränkt.

In Sozialen Netzwerken hat jede und jeder die Möglichkeit, sich mit Gleichgesinnten zu verbinden und damit Macht zu erlangen, die sie als Einzelne nicht hätten. Für Regierungen zum Beispiel nicht-demokratischer Staaten oder mit eingeschränkter Rede- und Meinungsfreiheit kann das zur Bedrohung werden.

Mitreden in der Politik? Versuch's doch mal im Internet

Social Media ist ein demokratisches Medium, das hast du in diesem Buch an verschiedenen Stellen gelesen. Und das bedeutet: Jede und jeder kann mitreden. Das gilt auch in der Politik. Je nach Partei erreichst du zwischen fast 90 Prozent (CDU/CSU) und sogar fast 97 Prozent (Die Linke) der Bundestagsabgeordneten in Sozialen Netzwerken.[11] Beide Zahlen beziehen sich übrigens auf Facebook und sind schon etwas älter, aber die Tendenz ist klar: Von unseren Volksvertreter*innen erfährst du online einiges – allerdings eher auf den Plattformen, auf denen Ältere unterwegs sind.

Bei der Bundestagswahl 2021 war die SPD der Bundesländer im Westen und Norden besonders bei Instagram und Facebook aktiv, bei Facebook tat sich außerdem die AfD im Osten und Süden hervor. Die Grünen sah man besonders stark in Twitter vertreten.[12]

In der Regel bedeutet das nicht, dass die Politiker*innen auch wirklich jederzeit direkt erreichbar sind. Die tägliche Flut an Nachrichten ist für sie neben der Arbeit als Parlamentarier*in nur schwer zu bewältigen. Insbesondere Politikerinnen sind oft Hass ausgesetzt. Deshalb sind dafür häufig Angestellte verantwortlich, zum Beispiel Anna Moors, von der du im folgenden Abschnitt lesen kannst.

Wer Politik machen will – also in der Gesellschaft etwas verändern und Einfluss auf die Regeln unseres Zusammenlebens und Wirtschaftens nehmen will –, der kann dafür dennoch die Sozialen Medien nutzen. Wie Menschen Aufmerksamkeit erzeugen für Dinge, die ihnen wichtig sind, hast du bereits in den vorherigen Abschnitten gelesen. Das funktioniert auch im ganz großen Stil: Die Bewegung »Fridays for Future« begann als (wirklich kleiner) Schulstreik und wurde bald international bekannt. Zwei Aspekte sind daran besonders:

1. Viele Beteiligte waren noch nicht wahlberechtigt. Sie hatten also nicht die Möglichkeit, in den üblichen Strukturen der Demokratie – Wahlen – Einfluss zu nehmen.
2. Im Internet gibt es immer wieder Protestaktionen. Aber Fridays for Future bewegte sich in den Straßen der Städte und war so für alle sichtbar.

Tatsächlich bleiben viele Online-Aktionen genau dort: online. Unter dem Hashtag #blackouttuesday posteten im

Jahr 2020 viele Menschen schwarze Kacheln bei Instagram, um gegen Rassismus zu demonstrieren.[13] Schwarz-weiße Fotos von Frauen unter dem Hashtag #ChallengeAccepted standen für Solidarität unter Frauen.[14] Und obwohl beide Aktionen auch außerhalb von Social Media diskutiert wurden, hatten sie nicht den gleichen direkten Einfluss auf die Politik.

Anders bei Fridays for Future: Wo mehr Menschen protestierten, da änderten sich Wahlergebnisse. Die Grünen gewannen Zustimmung, die AfD verlor. Um das herauszufinden, werteten Wissenschaftler*innen Daten von Mobilfunkgeräten aus und brachten sie mit Wahlergebnissen zusammen. Sie vermuten, dass die Kinder und Jugendlichen Einfluss auf das Wahlverhalten ihrer Eltern genommen haben. Gewirkt hat also nicht nur die Demonstration. Die Teilnehmenden haben ihr Anliegen in die Familien getragen und dort etwas verändert. Gleichzeitig wirkten die Proteste auf die Berichterstattung lokaler Medien: Wo demonstriert wurde, da wurden Klimathemen häufiger in den Medien diskutiert. Und dies nicht nur zu den Zeiten der Proteste. Der Effekt war dauerhaft.[15] Denken wir zurück an die Regeln der Aufmerksamkeitsökonomie – wer gesehen wird, hat Macht –, dann sehen wir, wie bedeutsam es sein kann, Aufmerksamkeit für ein Thema zu erzeugen.

Wer die Welt verändern will, der wird also mehr tun müssen, als ein paar Posts im Internet abzusetzen. Solidarität mit einem Thema zeigen ist schön, aber ein altes Sprichwort sagt: »Worte sind billig.« Und das sind Fotos und Videos leider oft genug auch.

Für Fridays for Future war Social Media dennoch entscheidend. Das deutsche Organisationsteam organisierte auch über WhatsApp-Gruppen. Sie koordinierten schließlich nicht nur ihre eigenen Ortsgruppen, sondern bald rund 200.[16] Die Proteste wurden groß – und sichtbar. Medien berichteten und auf Social Media sah man Posts von Protesten. Und der Klimaschutz? Der schaffte es in die Wahlprogramme der Parteien.

Umgekehrt schaffen es die Wahlprogramme der Parteien inzwischen auch in die Sozialen Netzwerke. Weil lange, oft detaillierte Dokumente aber nicht besonders viele Likes bekommen, muss sich auch hier die Kommunikationsstrategie ändern.

Im Netz funktionieren vor allem populistische Botschaften sehr gut: Populismus bezeichnet eindeutige und leicht verständliche Aussagen, die bestimmte Stimmungen erzeugen sollen. Für sie sind also ein Herz oder Daumen hoch leicht vergeben. So signalisieren die Nutzer*innen Interesse am Thema und am Account und das wirkt sich wiederum auf ihren Newsfeed aus.

Populismus, Irrtümer – und Screenshots

Ein prominentes Beispiel für eine populistische Forderung ist ein Beitrag der Partei AfD. Die hatte im Bundestagswahlkampf 2021 »Hol dir dein Land zurück« auf ein Werbebild geschrieben und dieses unter anderem bei Facebook gepostet. Im Hintergrund zeigten sie ein Foto des Matterhorns. Das Matterhorn ist ein Berg. Dieser Berg steht in der Schweiz. Die Schweizer waren ausgesprochen irritiert.[17]

Zwar löschte die Partei die Posts bald, aber die Screenshots waren gemacht, der Schaden angerichtet. Bis heute könnt ihr das Bild online finden.

Einfache, »likeable« Botschaften müssen aber nicht grundsätzlich von Absendern kommen, die mit populistischen Argumenten Politik machen wollen. Nehmen wir als Beispiel zwei Posts des Instagram-Accounts der @cdu. In beiden Beiträgen steht die Schrift im Fokus des Beitrags, sodass wir das Bild nicht sehen müssen, um den Unterschied zu erkennen.

Wir wollen jetzt höhere Regelsätze, weil …[18]

Hier ein Like zu geben ist schwierig. Die Nutzenden müssen zumindest den Text des Posts lesen oder weitere Slides anschauen – schon, um herauszufinden, worum es überhaupt geht. Der Begriff »Regelsätze« gehört zur Debatte um Sozialleistungen, doch das ist beim schnellen Scrollen ohne Kontext nicht für jede*n ersichtlich.

Gut für Klima, Umwelt, Forschung und Wirtschaft
Mit Hightech gegen Klimawandel![19]

Diese Botschaft ist eindeutig und leicht verständlich. Gleichzeitig enthält sie Signalworte, die für Dinge stehen, die vielen wichtig sind. Wer der Aussage zustimmt, kann ein Herz vergeben, ohne sich lange mit den komplexeren Inhalten des Posts auseinanderzusetzen. Klare Botschaften in Sozialen Netzwerken sind für Parteien so wertvoll, weil sie Wähler*innen mobilisieren können. Insbesondere für kleine Parteien kann es sich lohnen, dabei scharf zu argumentieren – oder einfach etwas zu behaupten. Radikalere Thesen oder Vorschläge können geeignet sein, Bürger*innen für die Partei zu begeistern, die ihre Interessen von den Parteien der politischen Mitte nicht genügend gewürdigt sehen.[20] Soziale Netzwerke sind dazu geeignet, weil sie, wenn eine Person Interesse gezeigt hat, gezielt ähnliche Personen ansprechen werden.

Social Media als Beruf

Anna Moors, Social-Media-Managerin im Deutschen Bundestag

Auch Anna Moors verdient ihr Geld mit Sozialen Netzwerken. Sie arbeitet in Teilzeit im Bundestag und studiert. Als wir uns für dieses Kapitel unterhalten, ist sie 20 Jahre alt. Ihr Job: »Ich kommuniziere für Politiker*innen in einer Art und Weise, die ihre Arbeit für möglichst viele Menschen möglichst verständlich macht.« Als Mitarbeiterin des Bundestagsabgeordneten Armand Zorn (SPD) ist es also ihr Job, seine Accounts auf Social Media zu verwalten. Die

Themen sind politische Debatten und Beschlüsse aus den Aufgabenbereichen ihres Chefs. Armand Zorns Fachgebiete sind Finanzen und Digitales.

Anna kümmert sich um das Management, ihr Kollege um alles, was mit Bild und Video zu tun hat. Das heißt: Sie plant die Beiträge, postet Inhalte und behält die Reaktionen und Kommentare im Blick. Wo sie kann, antwortet sie. Komplexere Fragen – oder persönliche – stellt sie für den Abgeordneten zusammen, diese beantwortet er dann selbst.

Ist das eigentlich normal, dass Abgeordnete sich in Sozialen Netzwerken selbst beteiligen?

»Das ist von Person zu Person unterschiedlich«, sagt Anna. »Manche beantworten nur einen kleinen Teil, bei uns sind es eher viele.«

In diesem Job hat Anna einen fast normalen Büroalltag: Gegen 9 Uhr kommt sie in ihrem Büro im Bundestag an und startet in den Tag. Als Erstes guckt sie in den Terminplan des Abgeordneten. Dann schaut sie sich an, welche Themen relevant werden und was wann auf welchem Social-Media-Kanal passieren soll. Im Laufe des Vormittags bereitet sie die Beiträge vor und pflegt die Accounts. In Annas Fall sind LinkedIn und Instagram die wichtigsten Plattformen – also zwei sehr unterschiedliche Kanäle. Bei LinkedIn richten sich die Botschaften an jene, die sich in den Bereichen Finanzen und Digitales sehr gut auskennen. Bei Instagram gehe es dagegen auch darum, Jüngere zu erreichen sowie eine insgesamt breitere Zielgruppe.

Gegen Mittag recherchiert Anna, was zu Hause im Wahlkreis des Abgeordneten gerade diskutiert wird und welche Themen die Zielgruppe bewegen. Das betrifft sowohl den Wahlkreis Frankfurt am Main, lokalpolitisch, kulturell – »Fußball spielt ganz groß mit rein« –, aber auch Diskussionen zum Beispiel in Schulen oder Hochschulen. »Ich informiere mich so allumfassend, wie es geht«, sagt Anna. Zusätzlich recherchiert sie in den Fachbereichen des Abgeordneten, also Finanzen und Digitales: »Was haben namhafte Persönlichkeiten gepostet? Welche Hashtags gibt es in den Debatten – und was können wir aus ihnen schließen?«

Am Nachmittag stehen manchmal noch Fotoshootings oder Videodrehs an. »Dann wendet sich der Abgeordnete persönlich an die Menschen, die er im Bundestag repräsentiert.«

Privat hat Anna außerdem den Account @hinterzimmerpolitik bei TikTok mit mehr als 50000 Follower*innen betrieben. In kurzen Videos hat Anna von ihrem Arbeitsalltag im Bundestag erzählt, TikTok-Phänomene kritisch beleuchtet und erklärt, wie sich die Nutzer*innen bewusster in der App bewegen können und dabei politische Inhalte – oder auch mal populistische Stimmungsmache – erkennen. @hinterzimmerpolitik gewann im Jahr 2021 den »Goldenen Blogger«-Award als bestes Politikblog. Inzwischen ist das Handle @annamoors, der Fokus bleibt auf Politik und Kommunikationswissenschaft.

Mehr über Anna:

TikTok & Instagram: @annamoors

Twitter: @AnnaMoors02

To-Go: Neugierde schlägt Ängste, Plan schlägt Zufall

Wer heute als Creator*in oder Aktivist*in auf Sozialen Netzwerken erfolgreich ist, der arbeitet professionell. Selbst hinter dem lockersten Kanal steckt in der Regel ein gut durchdachter Plan – und manchmal zusätzlich noch ein Team von Leuten, die ihre Jobs wirklich gut können. Die Menschen hinter den Accounts nutzen Social Media anders. Diese Faktoren helfen:

1. *Eine Strategie*

Was ist dein Thema? Womit kennst du dich aus? Wie kannst du noch besser darin werden? Wer auf Social Media Reichweite erzeugen will, muss mit Kompetenz überzeugen.

2. *Konkrete Pläne*

Wann postest du was und wie soll das aussehen? Professionelle Creators arbeiten mit Redaktionsplänen. Sie legen also schon vorab fest, welche Themen sie wann angehen wollen.

3. *Zuhören*

Soziale Netzwerke nennen wir so, weil sie Kommunikation ermöglichen. Die erfolgreichen Accounts zeichnen sich dadurch aus, dass sie auf ihre Follower*innen eingehen – oder dies, je nach Masse, zumindest versuchen.

4. *Netzwerk!*

Du willst etwas erreichen? Dann such dir andere, die deine Ziele und Ideale teilen. Gib Leuten Reichweite, deren Botschaft du teilst oder für wertvoll hältst. Einfluss haben

Menschen dann, wenn sie andere auf ihrer Seite haben. Und das lässt sich – wenigstens ein Stück weit – auch planen und vorbereiten.

5. Organisation & Abgrenzung

Social Media ist immer da. Und es ist ein sehr natürlicher Prozess, dass wir uns als Nutzende manchmal darin verlieren. Die Mechanismen dahinter hast du in Kapitel 3 kennengelernt. Was hilft: eine klare Struktur. Wann bist du online? Wann bist du nicht online? Wer Social Media als Job betrachtet, der muss sich um den Feierabend selbst kümmern.

FRAGEN?

1. Folgst du Accounts mit viel Reichweite? Was macht sie so attraktiv?
2. Wirken die Inhalte professionell? Was genau und warum?
3. Wirken die Inhalte locker? Wenn ja: Sind sie das wirklich?
4. Wähle ein Profil mit vielen Follower*innen aus. Stell dir vor, du selbst würdest diesen Account steuern. Wie lange pro Tag (7 Tage die Woche) müsstest du arbeiten?
5. Wie könntest du die Arbeit so organisieren, dass du nicht mehr jeden Tag arbeiten musst?
6. Was könntest du selbst, wofür bräuchtest du Hilfe (oder mehr Wissen)?

6. Bewusster online und freier leben

Soziale Netzwerke können Beziehungen stärken und Plattformen für Kreativität sein. Beides gelingt nur, wenn sich die Nutzenden Raum für Freundschaft und Kreativität außerhalb der Apps nehmen. Eine bewusste Nutzung braucht einige Regeln, die jeder Mensch für sich selbst festlegen kann. Entscheidend ist dabei, nach den eigenen Bedürfnissen zu leben. Und die entsprechen nicht immer dem, was die Konzerne hinter den Netzwerken wollen.

Was du tun kannst

Social Media ist eine Plattform für Gemeinschaft. So sagt es zumindest der Name. Wollen wir echte Gemeinschaft, dann brauchen wir Social Media aber nur zum Teil. Im Grunde sind Soziale Netzwerke wie eine Party. Man geht hin, unterhält sich, ist offen und freundlich. Man kennt jemanden, der jemanden kennt, und lernt einander so vielleicht kennen. Verhalten wir uns, als wären wir auf einer Party, dann kann die Stimmung ziemlich gut sein. Auch wenn man nie alles glauben sollte, was man so hört.

Was du sonst noch tun kannst:

1. Verabrede Auszeiten mit denen, die dir wichtig sind

Es ist schwierig, sich von Social Media zu trennen, wenn alle anderen noch da sind. Es gibt aber sicherlich Menschen in deinem Leben, die dir wichtiger sind als andere. Wenn du mit ihnen gemeinsam eine Auszeit verabredest, wird sie euch allen leichter fallen. Wenn ihr danach zur Plattform zurückkehrt, werdet ihr vielleicht anders, bewusster und selbstbewusster mit ihr umgehen.

2. Mach dir bewusst, was du siehst

Die Online-Identität einer Person ist immer nur ein Ausschnitt – oder teilweise sogar erfunden. Was er oder sie beim persönlichen Treffen von sich preisgibt, ist viel ehrlicher, viel ungefilterter.

3. Mach dir bewusst, wie viele Leute du verarbeiten musst

Newsfeeds wachsen mit der Zeit. Wir folgen immer mehr Menschen, Institutionen und Unternehmen. Entfolgen fühlt sich manchmal unhöflich an. Mit der Zeit kann so eine sehr große Menge von Posts in der eigenen Timeline landen. Schau dir also ruhig gelegentlich an, wem du so folgst und wer davon vielleicht längst zu viel ist. Bei Instagram hast du dafür zum Beispiel die Funktion »wenigste Interaktionen« in der Liste derer, denen du folgst.

4. Mach dir bewusst, was du fühlst

Finde heraus, wem du wirklich gern folgst – und wessen Posts bei dir eher negative Gefühle auslösen. Und dann entscheide bewusst, wem du weiterhin folgen willst und wem nicht. Das ist ein tolles Gesprächsthema mit anderen: Wessen Beiträge fühlen sich gut an? Wessen nicht? Selbst Creators sprechen darüber, wenn ihnen Social Media zu viel wird. Das kannst du auch tun, auch dann, wenn du das Netzwerk gerade nicht verlassen möchtest.

5. Erziehe deinen Newsfeed

Der Newsfeed reagiert auf dein Verhalten. Willst du ändern, was du dort siehst, dann brauchst du eine gewisse Disziplin. Tipp auf Inhalte, die du sehen möchtest. Ignorier Inhalte, die du nicht sehen möchtest. Bleib nicht einmal mit dem Blick an ihnen hängen. Wenn du direkt weitertippst, -wischst oder -scrollst, dann registriert die App: Diese Inhalte willst du nicht mehr sehen. Du siehst also bald mehr von dem, was du sehen willst, und weniger von dem, was dich vielleicht stresst oder verletzt.

Allerdings: Dieser Effekt ist nicht nachhaltig. Es ist ganz normal, dass wir uns immer wieder Dinge ansehen, die uns belasten – und jedes Mal merkt sich der Newsfeed das. Du wirst diese Zeiten der Disziplin also immer wieder einbauen müssen. Aber sie lohnen sich, um die Apps wirklich genießen zu können.

6. Miss deine Nutzungszeit

Nutzen wir Soziale Netzwerke, dann vergeht die Zeit schnell. Die meisten Telefone können messen, wie lange die Nutzenden in einer App sind. Schau dir diese Statistiken ruhig einmal an. Fühlst du dich wohl damit? Du kannst die Nutzungszeit auch limitieren. Dann zeigt dir zum Beispiel Instagram eine Warnmeldung, wenn du die Zeit, die du selbst angegeben hast, überschreitest.

7. Mach dir bewusst, was du zeigen möchtest

Wenn alle deine Follower*innen um dich herumstünden, vielleicht sogar in einem Stadion oder einem Kinosaal, würdest du das, was du gerade postest, vor ihnen zeigen? Würdest du das tun, wenn Menschen mit weniger Lebenserfahrung oder weniger Wissen darunter sind? Oder Menschen, die sich besser auskennen als du?

Lass dir ruhig ein wenig Zeit mit diesen Gedanken. Wenn die Antworten Ja lauten, dann ist alles in Ordnung. Spürst du ein inneres Zögern, dann hinterfrage, ob du dieses Bild, diesen Text oder dieses Video wirklich ins Internet stellen möchtest. Das Internet vergisst nicht, jeder Beitrag kann gescreenshottet werden oder per Bildschirmaufnahme abgefilmt.

8. Überleg dir, wer du sein möchtest

»Real sein«, also sich im Internet möglichst echt zu zeigen, ist seit einigen Jahren ein Dauertrend. Wissen sollte man allerdings: Professionelle Creators sind wirklich gut darin, dieses »Real sein« bewusst zu gestalten. Für alle anderen gilt: Wir müssen uns erst noch daran gewöhnen, echt zu sein, dabei aber das Private zu schützen. »Echt« ist auch, wer nicht alles von sich zeigt.

Neben der Selbstdarstellung ist wichtig, wie du dich anderen gegenüber verhältst. Witze und Sprüche können im Internet härter rüberkommen, wenn der Gesichtsausdruck dazu fehlt. Und eine Beleidigung kannst du nicht mehr zurücknehmen.

9. Übernimm Verantwortung

Beiträge zu teilen ist einfach. Die Plattformen haben einen Button dafür. Starke Zitate oder Überschriften laden dazu ein, sie auch anderen zu zeigen. Doch wer einen Post teilt, tut damit zwei Dinge:

* Man übernimmt die Behauptung. Auch, wenn dies nicht beabsichtigt ist, passiert genau das: Menschen, die den Post sehen, nehmen die Person als Absender oder Absenderin wahr, die ihn geteilt hat.
* Der Inhalt bekommt mehr Reichweite. Das ist immer dann problematisch, wenn er nicht stimmt oder so einseitig dargestellt ist, dass jemand falsche Schlüsse ziehen könnte.

Wer etwas ins Netz stellt, muss sich der Verantwortung bewusst sein, die daraus entsteht.

10. Schaue dir deine Daten an

Jedes Unternehmen ist verpflichtet, allen Nutzenden die eigenen gespeicherten Daten zugänglich zu machen. So erfährst du, wie der Konzern dein Nutzungsverhalten interpretiert. Da wird sicherlich die eine oder andere lustige Überraschung auf dich warten. Bei Instagram klickst du dafür auf die Einstellungen, dann auf »Deine Aktivität«. Hier kannst du alles einsehen. Ganz unten findest du eine Funktion, um die Daten herunterzuladen.

11. Bleib auf dem Laufenden

Du hast in diesem Buch einiges darüber erfahren, was die Unternehmen mit deinen Daten tun. Es lohnt sich, bei diesem Thema up to date zu bleiben. Wenn du mitbekommst, dass Social-Media-Plattformen in den Nachrichten diskutiert werden: Schau hin.

12. Mache dich mit der App und ihren Regeln vertraut

Datenschutzgesetze verlangen, dass jede App den Nutzenden anbietet, einen Teil der Datensammlung zu verbieten. Wenn du verstehst, wie du diese Sammlungen abschalten kannst, dann hast du ein wenig Kontrolle gewonnen. Schwierig ist es nicht: Die Funktion sollte sich in den Einstellungen jeder App befinden.

13. Finde etwas, dass du genug magst, um dafür Social Media beiseitezulegen

In einem Moment wirklich präsent zu sein, fällt vielen schwer. Das ist ganz normal, das haben wir an verschiedenen Stellen in diesem Buch gesehen. Trotzdem lohnt es sich, etwas zu finden, das die Aufmerksamkeit stärker bindet, als das Smartphone es kann. Denn diese Präsenz in einem Augenblick ist ein gutes Training. Wir lernen von unserem eigenen Verhalten. Beweist du dir also selbst, dass dein Sport, dein Handwerk, dein Hobby oder deine Freundschaften dich besser unterhalten, als Social Media es kann, hast du so einen Anker geschaffen, der dich davon abhält, in Sucht-ähnliches Verhalten zu rutschen.

Haben wir das Recht, zu schweigen?

Die Freiheit der Meinungsäußerung zählt zu den höchsten Gütern in unserer Gesellschaft. Wenn jede und jeder sich frei ausdrücken darf, dann können wir eine Kultur der Offenheit schaffen. Freiheit und Gerechtigkeit sind nur möglich, wo Menschen aufschreien dürfen, wenn sie ihnen verwehrt werden. Wir haben also das Recht, uns zu äußern.

Aber haben wir das Recht, zu schweigen?

Diese Debatte ist nicht abgeschlossen – und sie ist schwierig. Darf man schweigen, wenn man Unrecht sieht? Darf man ein Internet-Phänomen, das viele wütend macht, auslassen und einfach mal keine Meinung äußern? Vielleicht sogar: einfach mal keine Meinung haben? Dafür spricht, dass jeder Mensch eigene Sorgen hat und diese von außen häufig nicht sichtbar sind. Dagegen spricht, dass einige gar keine Wahl haben. Sie können die Augen nicht verschließen, weil sie jeden Tag betroffen sind.

Ein klassisches Beispiel sind rassistische Äußerungen. Im Sommer 2022 verletzte eine Entertainerin mit Aussagen in einem Interview viele Menschen.[1] Sie hatte – unbewusst, wie sie später erläuterte – People of Color das Recht abgesprochen, sich für ihre Belange einzusetzen und von ihren Erfahrungen zu sprechen.

Auf ihrem Instagram-Kanal kommentierten darauf Hunderte Nutzer*innen. Sie forderten Erklärungen und Entschuldigungen. In Stories riefen zahlreiche Aktivist*innen dazu auf, sich dem anzuschließen. Einige Tage später bat sie um Entschuldigung für ihre Wortwahl und erkannte an, dass sie anderen wehgetan hatte. Die empörten Kommentare unter ihren Posts hielten noch eine Weile an. Nach einigen Wochen war das Thema vergessen.

Wie siehst du das? Wenn Menschen sich angegriffen fühlen oder verletzt, dann wollen viele sich einbringen. Andere wollen schweigen. Vielleicht haben sie gerade keine Kraft für die Debatte oder sie trauen sich nicht, aus Angst, selbst angreifbar zu sein.

Gibt es das Recht, zu schweigen?

Bewusster online & freier leben

Soziale Netzwerke versprechen eine Freiheit, wie sie die Menschen vor uns nicht gekannt haben. Die beste Freundin verbringt ein Schuljahr in Edinburgh? Sie ist trotzdem für jeden Herzschmerz erreichbar. Die Großeltern leben 400 Kilometer entfernt? Die Fotos vom Geburtstagsfrühstück kriegen sie per Chat, die Videos aus der Nacht davor lieber nicht. Im Netz können wir Identitäten ausprobieren und Leute kennenlernen, die das Gleiche tun. Wir sehen Bilder der Orte, an denen »Die Ringe der Macht« gedreht wurden oder an denen der neue Roman von Colleen Hoover spielt. Wir lesen die Gedanken von Künstler*innen, die wir spannend finden. Und wir können uns selbst ausdrücken und dabei ein Publikum finden. Und wie es früher Chance und Pflicht der Publizistik war, Demokratie und Gesellschaft zu schützen, ist es heute Chance und Pflicht von Menschen mit Reichweite – viel oder wenig, breit oder eng –, das noch besser zu machen.

Das Internet zeigt uns viele unterschiedliche Lebensformen. Diese Vielfalt zu kennen ist der erste Schritt in die Wahlfreiheit: Wir sehen, was möglich ist. Sehen wir mehr, dann können wir unser Leben verändern und damit einen Wandel in der Gesellschaft einleiten.

Und gleichzeitig wissen wir: Hinter den Sozialen Netzwerken stecken Konzerne. Diese Konzerne haben Interessen. Und diese Interessen stehen manchmal im Widerspruch zur emotionalen Gesundheit der Nutzenden.

Im Großen betrachtet verspricht uns Social Media Freiheit.

Im Kleinen, auf der Ebene einer Person in einem Moment, nimmt sie uns diese Freiheit manchmal wieder.

Die Sozialen Netzwerke abzuschaffen wäre deshalb falsch; die Vorteile überwiegen die Nachteile. Wollen wir frei leben, müssen wir also lernen, Social Media bewusst zu nutzen. Das kann man nicht beschließen, verkünden und durchziehen, so einfach ist das leider nicht. Was aber alle tun können: Sich immer wieder bewusst machen, wie sich die Nutzung eigentlich anfühlt.

Ist der Newsfeed gerade toll und spannend, inspirierend und belebend? Toll! Weiter so.

Scrollst du, weil du nicht aufhören kannst? Dann raus da.

»Bewusste Nutzung« ist nichts, was man einmal lernt und das dann für immer hält. Bewusste Nutzung ist aber etwas, das wir uns zum Ziel setzen können. Wer ein freies Leben führen möchte, der muss sich seine Bedürfnisse bewusst machen. Nur wer das weiß, kann sich gut um sich selbst kümmern. Und so gleichzeitig Spaß in Sozialen Netzwerken haben und sich genügend abgrenzen, damit das analoge Leben gut bleibt.

Begriffe

Algorithmus

Ein Algorithmus ist ein Set aus Anweisungen. Er steuert, welche Inhalte in einem Newsfeed beziehungsweise einer Timeline gezeigt werden, welche Werbung wir sehen und wer uns als Freund oder Freundin vorgeschlagen wird.

Ally

Alliierter – wenn wir von Allys sprechen, dann meinen wir Verbündete für eine bestimmte Sache. Zum Beispiel Weiße, die sich für die Rechte von People of Color einsetzen, oder Männer, die für die Rechte von Frauen und trans* Personen eintreten.

App

App steht für Applikation und ist ein anderes Wort für Computerprogramm. Insbesondere für Smartphones hat sich der Begriff inzwischen etabliert.

Aufmerksamkeitsökonomie

Bei diesem Wirtschaftskonzept sind nicht die Käufer*innen eines Produkts die Kundschaft, sondern jene Gruppen, die für die Aufmerksamkeit dieser bezahlen. Ein klassisches

Beispiel sind Boulevard-Zeitschriften: Menschen kaufen sie günstig und sehen dafür Werbeanzeigen. Die Werbetreibenden sind die Gruppe, die den wirtschaftlichen Erfolg der Zeitung sichern. Ebenso funktionieren die modernen Social-Media-Unternehmen: Sie machen ihre Plattformen für die Nutzenden attraktiv und schaffen so die Aufmerksamkeit, für die andere bezahlen.

Big Data

Als »Big Data« werden einerseits große Datensätze bezeichnet, die sehr komplexe Informationen über sehr viele Menschen beinhalten.[2] Gleichzeitig nennt man das Zeitalter der Gegenwart »Big Data«. Wir leben also in einer Zeit, in der Unternehmen sehr viel über Einzelne wissen.

Creators

Creators sind Menschen, die im Netz Inhalte erstellen. Gemeint sind also zum Beispiel Fotograf*innen, Schreibende oder Podcast-Hosts. Für Soziale Netzwerke sind sie wichtig, weil sie die Plattformen über das Private hinaus interessant und nutzwertig machen. Influencer*innen (siehe unten) gehören zu den Creators.

Customer Lifetime Value

Der CLV beschreibt, wie viel Geld ein Kunde oder eine Kundin einem Unternehmen bringt. In der Regel ist er höher, je länger eine Person an eine Firma gebunden werden kann. Deshalb sind Abo-Modelle bei Apps so beliebt und deshalb erlauben sich die Herstellenden so häufig, Jahresabos deutlich reduziert anzubieten: Ein Kunde oder eine Kundin, die für ein Jahr 30 Prozent weniger ausgibt, hat immer noch mehr bezahlt, als jemand, der nur 6 Monate dabeibleibt.

Cybermobbing/Cyberbullying

Menschen hinterlassen anderen böse Kommentare, stellen sie bloß, beleidigen oder verbreiten Gerüchte. Fotos werden manchmal ohne die Zustimmung der Opfer verbreitet. Die Täter*innen machen sich strafbar, zum Beispiel durch Beleidigung, üble Nachrede oder Verleumdung, Bedrohung oder Nötigung. Fotos dürfen nicht ohne Zustimmung des oder der Fotografierten verbreitet werden, jeder Mensch hat das sogenannte »Recht am eigenen Bild«.

Cybergrooming

Kontaktieren Erwachsene Jugendliche und Kinder im Internet und haben dabei sexuelle Hintergedanken, dann spricht man von Cybergrooming. Der Begriff »Cyber« bezieht sich auf das Internet, »Grooming« steht für »Vorbereitung«. Das bedeutet: Hier erschleicht sich jemand Vertrauen. Ziel des Cybergrooming kann es sein, das Opfer zu überreden, intime Fotos und Videos zu schicken. Cybergrooming ist eine Form von sexueller Gewalt und in Deutschland eine Straftat. Schon der Versuch ist strafbar.

Echokammern, Filterblasen oder Filterbubbles

Wenn ein Algorithmus den Nutzenden für sie ideale Inhalte bereitstellt, dann führt das dazu, dass sie weniger von der Meinungsvielfalt sehen. Gleichzeitig entscheiden Menschen aktiv, wessen Posts sie folgen und wessen nicht. Das Ergebnis nennt man Filterbubble oder Echokammer: Wie in einer Blase sehen wir nur noch das, was wir sehen wollen. Und wie bei einem Echo hören wir das, was wir selbst gesagt haben.

Influencer*innen

Influencer*innen werben auf ihren Social-Media-Accounts für Produkte anderer Firmen. Sie machen Fotos und Videos und preisen das Produkt an. Dafür bekommen sie Geld. Der Begriff »Influencer*in« stammt vom englischen Begriff »to influence« ab und bedeutet übersetzt »beeinflussen«. Der Job von Influencer*innen ist es also, im Auftrag von Unternehmen die Meinungen und das Konsumverhalten anderer zu beeinflussen.

Kampagne

Als Kampagne bezeichnet man eine oder mehrere Handlungen, die auf ein bestimmtes Ziel hinarbeiten sollen. Bei Werbeaktionen spricht man deshalb ebenfalls von Kampagnen. In der Zeit von Corona war die Rede von der »Impfkampagne«, die mehr Menschen von der Corona-Impfung überzeugen sollte und gleichzeitig die Hürden senkte, diese Impfung zu erhalten.

Leetspeak

A1+ernat1v3 §prach3 g1bt 3s 1m 1ntern3t 5chon se1t v1el3n Jahren. E5 b3gann mit der »Leetspeak«. Dabe1 w3rd3n b3st1mmte Buchstab3n durch Zah1en od3r Z31ch3n ersetzt, ohn3 da55 die 1nha1t3 dabe1 zu 5ehr an L35bar|<e1t v3rl13r3n. W31l Leetspeak VVand3lbar 15t, !st 513 f°u°r A1gor1thm3n \/erg1eich5w3i5e 5chw3r zu 3ntz1ff3rn.

D3r B3gr1ff Leetspeak st4mm1 von d3r Ab|<ürzun& 1337 ab. 1m 5p1e1 Counter Strike 5chr13b3n Nu1z3r zunäch51 Eleet st4tt Elite, spä13r nur noch Leet. Leet schr31bt s1ch i!\! Leetspeak 1337. M1+ 31n VV3n1& Ü|3un9 fä11t 35 b4ld 53hr l31ch7, Leetspeak 2u 1353n. D4b31 15t da$ m3n5chl1ch3 &eh1rn Com|*u1ern b15l4n& ü8er13&3n.

Massenkommunikation

Erreicht eine Person oder Institution viele andere, spricht man von Massenkommunikation. Früher stand dieser Weg nur Mächtigen offen: Wer Flugblätter drucken und verteilen lassen konnte oder das Ohr der Presse besaß, der wurde wahrgenommen. Durch Social Media hat sich dies verändert. Heute kann theoretisch jede und jeder gehört werden. Zwischen einer Person und der breiten Öffentlichkeit stehen nur noch die Mechanismen der Algorithmen.

Newsfeed

Als Newsfeed oder Timeline bezeichnet man die Startseiten der Social-Media-Apps. Der Begriff der Timeline stammt aus der Zeit, als Posts immer chronologisch angezeigt worden sind. Als Algorithmen entschieden, wer wann welchen Beitrag sehen soll, etablierte sich der Begriff des Newsfeeds.

Plattform

Der Begriff der »Plattformen« hat sich für Soziale Netzwerke etabliert, weil sie oft als Grundlage für die Arbeit Dritter genutzt werden, zum Beispiel von Journalist*innen, Influencer*innen oder Unternehmen.

Sexting

Sexting – also Textnachrichten mit sexuellen Anspielungen – mögen harmlos wirken, manchmal sogar lustig oder interessant und schön. Ist das Gegenüber fremd, kann Sexting eine Vorstufe ernsterer und bedrohlicherer Kontakte sein. Sexting kann zur Grundlage von Mobbing werden, weil zum Beispiel eine Gruppe von Jugendlichen sich einen »Spaß« daraus macht, eine andere Person dazu zu verleiten, Intimes preiszugeben.

Shitstorm

Bei einem Shitstorm bekommt eine Person oder Institution viele Hasskommentare. Das passiert regelmäßig, wenn Produkte verändert werden. Auch Äußerungen einzelner können verletzen und dann Wut auslösen, die sich in einem Shitstorm entlädt.

Timeline

Als Newsfeed oder Timeline bezeichnet man die Startseiten der Social-Media-Apps. Der Begriff der Timeline stammt aus der Zeit, als Posts immer chronologisch angezeigt worden sind. Als Algorithmen entschieden, wer wann welchen Beitrag sehen soll, etablierte sich der Begriff des Newsfeeds.

Trigger

Im Wortsinn ist ein Trigger etwas, das etwas anderes auslöst. Kneifen wir uns in den Arm, dann triggert dies also Schmerz. Auf Social Media versteht man unter Triggern Posts, die ungesundes Verhalten oder emotionalen Schmerz auslösen. Das kann passieren, wenn sie an traumatische Ereignisse erinnern. Einige schreiben deshalb »tw« vor Posts, das Kürzel für »Triggerwarnung«, oder »cn«, für »Content Note« (Inhaltsanmerkung).

Victim Blaming

Wird dem Opfer eines Vergehens von seinem sozialen Umfeld eine Mitschuld zugesprochen, dann spricht man von »Victim Blaming« – Opferbeschuldigung. Ein bekanntes Beispiel ist der Satz »Gelegenheit macht Diebe«. Insbesondere bei sexuell motivierten Straftaten gegen Frauen war Victim Blaming lange Zeit gängig, indem zum Beispiel die Kleidung einer Betroffenen zur Rechtfertigung herangezogen wurde. Das Victim Blaming hindert Betroffene eines Verbrechens häufig daran, das darauffolgende Trauma zu bewältigen.

Whistleblower*in

»Whistle« ist der englische Begriff für pfeifen oder verpfeifen. »Whistleblower*innen« sind also Menschen, die sprichwörtlich in die Pfeife blasen, um auf einen Missstand aufmerksam zu machen.

Quellen

Einleitung: Wer sind wir ohne Social Media?

1 https://www.welt.de/kultur/article157747844/Die-aelteste-Schrift-wurde-in-Europa-erfunden.html
2 https://www.nytimes.com/2017/10/25/world/europe/european-parliament-weinstein-harassment.html

1. Die Grundlagen

1 Thomas Aichner, Matthias Grünfelder, Oswin Maurer, Deni Jegeni: Twenty-Five Years of Social Media: A Review of Social Media Applications and Definitions from 1994 to 2019, Cyberpsychology, Behavior, and Social Networking, https://doi.org/10.1089/cyber.2020.0134
2 https://www.basicthinking.de/blog/2021/05/04/disaster-girl-nft/
3 https://knowyourmeme.com/memes/dank-memes
4 https://www.breitband-monitor.de/mobilfunkmonitoring/karte
5 https://www.mpfs.de/fileadmin/files/Studien/JIM/2022/JIM_2022_Web_final.pdf
6 https://www.wired.com/story/how-to-stop-instagram-from-tracking-everything-you-do/
7 https://www.giga.de/ratgeber/specials/was-ist-ein-algorithmus-einfach-erklaert/
8 https://www.theverge.com/2016/3/24/11297050/tay-microsoft-chatbot-racist
9 https://www.spiegel.de/netzwelt/tiktok-so-funktioniert-der-empfehlungsalgorithmus-a-f4766a75-b4fc-47b8-b375-cd97ecd24e19
10 https://newsroom.tiktok.com/de-de/tiktok-der-fur-dich-feed-erklart
11 https://www.cbsnews.com/news/brain-hacking-tech-insiders-60-minutes/

12 Cal Newport, Digitaler Minimalismus, Redline 2019, S. 26
13 https://meedia.de/2017/11/09/spaete-bekenntnis-von-ex-investor-sean-parker-facebook-beutet-die-menschliche-schwaeche-aus/
14 https://www.wired.com/story/how-to-stop-instagram-from-tracking-everything-you-do/
15 https://en.wikipedia.org/wiki/Talkomatic
16 https://www.focus.de/digital/myspace-studivz-lokalisten-vz-netzwerke-kampf-verloren_id_3474117.html
17 https://www.spiegel.de/wirtschaft/unternehmen/elon-musk-und-twitter-chronik-der-geplatzten-uebernahme-a-d7f2f6e9–5afe-4af4-b962–12ed4e5a3514
18 https://techcrunch.com/2017/02/20/whatsapp-status/
19 https://medium.com/@zeuxinnovation/the-rise-fall-of-snapchat-bba42d80756c
20 https://techcrunch.com/2016/08/02/instagram-stories/
21 https://www.theverge.com/2021/6/30/22557942/instagram-no-longer-photo-app-video-entertainment-focus
22 https://onlinemarketing.de/social-media-marketing/instagram-rueckkehr-fotofokus-2022-zu-viele-videos
23 https://medium.com/@zeuxinnovation/the-rise-fall-of-snapchat-bba42d80756c
24 https://socialmediastatistik.de/twitch-analyse/
25 https://netzpolitik.org/2016/nun-amtlich-der-messenger-signal-ist-ziemlich-sicher/
26 https://blog.cloudflare.com/de-de/popular-domains-year-in-review-2021-de-de/
27 https://www.tagesschau.de/wirtschaft/unternehmen/tiktok-eu-datenschutz-101.html#:~:text=In%20Deutschland%20hat%20TikTok%20nach,als%20einer%20Milliarde%20Menschen%20genutzt.
28 https://www.ard-zdf-onlinestudie.de/
29 https://www.zeit.de/digital/internet/2022–04/facebook-renate-kuenast-rechtsstreit-falsches-zitat
30 https://www.welt.de/politik/deutschland/article242028987/Beschimpfungen-auf-Facebook-Renate-Kuenast-siegt-in-jahrelangem-Rechtsstreit-um-Hasskommentare.html
31 https://www.bbc.com/news/technology-51474114
32 https://www.nytimes.com/2022/11/19/style/tiktok-avoid-moderators-words.html

33 https://futurezone.at/netzpolitik/tiktok-geheimsprache-algospeak/401972735
34 https://www.zdf.de/nachrichten/digitales/tiktok-eu-kommission-kritik-inhalte-datenschutz-100.html
35 https://www.forbes.com/sites/emilybaker-white/2022/12/22/tiktok-tracks-forbes-journalists-bytedance/
36 https://www.manager-magazin.de/politik/europa/facebook-google-amazon-eu-beschliesst-staerkere-regulierung-a-610a069c-520c-480e-bfd4–26ae56c01387
37 https://twitter.com/elonmusk/status/1519036983137509376
38 https://www.tagesschau.de/wirtschaft/unternehmen/twitter-vorgehen-corona-falschmeldungen-101.html
39 Nesrine Malik, Elon Musk's Twitter is fast proving that free speech at all costs is a dangerous fantasy, https://www.theguardian.com/commentisfree/2022/nov/28/elon-musk-twitter-free-speech-donald-trump-kanye-west
40 https://www.spiegel.de/netzwelt/proteste-in-china-twitter-wird-mit-spam-geflutet-um-berichte-zu-unterdruecken-a577b4fe3–0d5c-47f2–8842-a41acf3254db
41 https://www.spiegel.de/netzwelt/netzpolitik/russische-trollfabrik-eine-insiderin-berichtet-a-1036139.html

2. Die Geschäfte

1 https://www.cnbc.com/2019/03/06/see-19-year-old-mark-zuckerberg-explain-the-facebook-in-2004.html
2 https://www.ey.com/de_de/news/2022-pressemitteilungen/07/die-wertvollsten-konzerne-der-welt
3 https://social-media-abc.de/wiki/Facemash
4 https://www.cnbc.com/2019/03/06/see-19-year-old-markzucker-berg-explain-the-facebook-in-2004.html
5 https://www.theguardian.com/news/datablog/2014/feb/04/facebook-in-numbers-statistics
6 https://www.forbes.com/profile/mark-zuckerberg/?sh=-5f2440f23e06
7 https://www.cnbc.com/2019/03/06/see-19-year-old-mark-zuckerberg-explain-the-facebook-in-2004.html
8 https://www.spiegel.de/wirtschaft/juengste-superreiche-23-jahre-alt-und-milliardaer-a-539912.html

9 https://www.washingtonpost.com/arts-entertainment/2019/03/05/how-kylie-jenner-became-youngest-billionaire-world/
10 https://www.forbes.com/sites/katetalbot/2018/07/24/5social-media-lessons-to-learn-from-kylie-jenner/?sh=6ce551671677
11 https://www.washingtonpost.com/arts-entertainment/2019/03/05/how-kylie-jenner-became-youngest-billionaire-world/
12 https://www.faz.net/aktuell/wirtschaft/unternehmen/facebook-wird-zu-meta-warum-sich-der-konzern-umbenennt-17609515.html
13 https://www.forbes.com/sites/gilpress/2018/04/08/whyfacebook-triumphed-over-all-other-social-networks/?sh=717efod6e918
14 https://www.teltarif.de/arch/2005/kw35/s18432.html
15 https://www.spiegel.de/netzwelt/mobil/revolutionaeres-handy-apple-enthuellt-das-magische-iphone-a-458725.html
16 https://allthingsd.com/20120702/mobile-first-product-chief-chris-cox-and-facebook-brass-make-the-phone-a-top-priority/
17 https://wirtschaftslexikon.gabler.de/definition/customer-lifetime-value-clv-29548
18 https://www.independent.co.uk/news/people/news/the-business-on-iain-dodsworth-founder-tweetdeck-2289049.html
19 Cal Newport, Digitaler Minimalismus, Redline 2019, S. 219
20 https://www.nytimes.com/2022/01/31/technology/facebook-meta-change.html
21 https://www.nytimes.com/2021/10/28/technology/facebook-meta-name-change.html
22 https://www.theguardian.com/technology/2012/apr/09/facebook-buys-instagram-mobile-photo
23 https://www.wsj.com/articles/facebook-to-buy-whatsapp-for-16-billion-1392847766
24 https://en.wikipedia.org/wiki/List_of_mergers_and_acquisitions_by_Meta_Platforms
25 https://web.archive.org/web/20090717011536/ http://www.tagesschau.de/wirtschaft/meldung93966.html
26 https://www.businessinsider.com/google-plus-is-outpacing-twitter-2013–5
27 https://www.youtube.com/watch?v=jNQXAC9IVRw

28 https://blog.cloudflare.com/de-de/popular-domains-year-in-review-2021-de-de/

29 https://www.vox.com/culture/2018/12/10/18129126/tiktok-app-musically-meme-cringe

30 https://www.handelsblatt.com/technik/it-internet/bytedance-tiktok-meldet-mehr-als-eine-milliarde-nutzer/27654054.html

31 https://www.manager-magazin.de/finanzen/boerse/bytedance-tiktok-mutter-legt-plaene-fuer-boersengang-auf-eis-a-f0b89aa4–7484–4305-bafa-876f69137f7a

32 https://www.handelsblatt.com/technik/it-internet/kurzvideo-dienst-der-chinesische-tiktok-konzern-bytedance-strukturiert-sich-um/27759118.html

33 https://www.faz.net/aktuell/wirtschaft/digitec/eu-kommission-droht-tiktok-mit-verbot-18615544.html

34 https://www.theguardian.com/technology/2007/may/09/second-life.web20

35 https://www.srf.ch/kultur/gesellschaft-religion/secondlife-der-traum-vom-zweiten-leben-ist-geplatzt#:~:text=%C2%ABSecond%20 Life%C2%BB%20ist%20eine%20virtuelle,60'000%20Nutzer%20 gleichzeitig%20eingeloggt.

36 https://www.nzz.ch/technologie/second life was uns eine 18 jahrige-online-welt-ueber-das-metaversum-erzaehlt-ld.1653856

37 https://www.theguardian.com/technology/2014/nov/04/oculus-sony-motion-sickness-virtual-reality

38 https://venturebeat.com/2020/07/05/a-survey-about-vr-sickness-and-gender/

39 https://www.nytimes.com/2022/01/18/technology/personaltech/metaverse-gaming-definition.html

40 https://www.nytimes.com/2022/01/18/technology/personaltech/metaverse-gaming-definition.html

41 https://www.nytimes.com/2022/01/31/technology/facebook-meta-change.html

42 https://www.oracle.com/de/big-data/what-is-big-data/

43 Cryder, Cynthia et al., Misery is not miserly: Sad and self-focused individuals spend more. Psychol Sci. 2008, https://doi.org/10.1111/j.1467–9280.2008.02118.x

44 https://www.tagesanzeiger.ch/ausland/europa/diese-firma-weiss-was-sie-denken/story/17474918

45 https://www.nytimes.com/2018/03/17/us/politics/cambridge-analytica-trump-campaign.html
46 https://netzpolitik.org/2018/cambridge-analytica-was-wir-ueber-das-groesste-datenleck-in-der-geschichte-von-facebook-wissen/#Woher%20kommen%20die%20Daten?
47 https://www.newyorker.com/magazine/2017/03/27/the-reclusive-hedge-fund-tycoon-behind-the-trump-presidency
48 https://www.nytimes.com/2018/03/23/us/politics/bolton-cambridge-analyticas-facebook-data.html
49 https://netzpolitik.org/2018/facebook-datenabgriff-von-87-millionen-nutzern-ist-nur-spitze-des-eisberges
50 https://netzpolitik.org/2020/abschlussbericht-der-datenschutzbehoerde-nein-der-cambridge-analytica-skandal-faellt-nicht-in-sich-zusammen/
51 https://www.wbs-law.de/wettbewerbsrecht/neues-influencer-gesetz-weiterhin-unklarheiten-bei-kennzeichnungspflichten-61020/#:~:text=Nach%20dem%20Erlass%20der%20drei,Gewerberecht%20(GSVWG)%20in%20Kraft.
52 https://www.bitkom-research.de/de/pressemitteilung/jeder-fuenfte-folgt-online-stars-sozialen-netzwerken
53 https://www.businessinsider.de/gruenderszene/media/falco-punch-tiktok-account/
54 https://meedia.de/2021/09/24/rezo-luisa-neubauer-co-wie-viel-macht-haben-politische-influencer/
55 https://wirtschaftslexikon.gabler.de/definition/strategie-43591

3. Die Psyche

1 Kröger, Christine, Das Konsistenzmodell von Klaus Grawe: Zu den Zusammenhängen zwischen Grundbedürfnissen, motivationalen Schemata und Gesundheit, in: Bausteine und Übungen zur Klinischen Sozialarbeit, https://zks-verlag.de/wp-content/uploads/Baustein-10Christine-Kroeger-Das-Konsistenzmodell-von-Klaus-Grawe-2015–1.pdf
2 Jaron Lanier, Zehn Gründe, warum du deine Social Media Accounts sofort löschen musst / Ab S. 23
3 https://lexikon.stangl.eu/22582/intermittierende-verstaerkung
4 https://www.nytimes.com/2022/07/06/technology/tiktok-blackout-challenge-deaths.html

5 https://www.theguardian.com/technology/2018/jan/18/tide-pod-challenge-youtube-clamps-down-dangerous-detergent-dare-procter-gamble
6 https://www.dezeen.com/2013/03/15/young-people-use-facebook-on-toilet-bathroom-habits-surve/#:~:text=News%3A%20the%20under%2D30s%20spend,research%20on%20Europe's%20bathroom%20habits.
7 https://www.neurologen-und-psychiater-im-netz.org/psychiatrie-psychosomatik-psychotherapie/stoerungen-erkrankungen/sucht-erkrankung-stoffgebunden
8 https://www.ins-netz-gehen.info/soziale-netzwerke/social-media-sucht/
9 https://www.mpfs.de/fileadmin/files/Studien/JIM/2021/JIM-Studie_2021_barrierefrei.pdf
10 Cal Newport, Digitaler Minimalismus, Redline 2019, S. 89
11 https://www.spiegel.de/netzwelt/tiktok-so-funktioniert-der-empfehlungsalgorithmus-a-f4766a75-b4fc-47b8-b375-cd97ecd24e19
12 https://www.nytimes.com/2019/06/03/well/family/when-social-media-is-really-problematic-for-adolescents.html
13 https://www.nytimes.com/2021/10/01/learning/how-does-social-media-affect-your-mental-health.html
14 https://jamanetwork.com/journals/jamapediatrics/article-abstract/2799812
15 https://www.spiegel.de/psychologie/trigger-warnungen-psychologe-erklaert-wann-und-inwiefern-sie-sinnvoll-sind-a39b38eab-e1d3–42a4-b501–75637bbb343f
16 Burke, Moira et. al, Social Comparison and Facebook: Feedback, Positivity, and Opportunities for Comparison, Proceedings of the 2020 CHI Conference on Human Factors in Computing Systems, https://doi.org/10.1145/3313831.3376482
17 Lambert, Jeffrey et. al, Taking a One-Week Break from Social Media Improves Well-Being, Depression, and Anxiety: A Randomized Controlled Trial, Cyberpsychology, Behavior, and Social Networking 2022, https://doi.org/10.1089/cyber.2021.0324
18 https://www.medicalnewstoday.com/mnt/releases/281477#4
19 Greenfield, Patricia, et. al, Five days at outdoor education camp without screens improves preteen skills with nonverbal emotion

cues, Computers in Human Behavior 2014, https://www.sciencedirect.com/science/article/pii/S0747563214003227

20 https://www.theguardian.com/commentisfree/2014/jun/30/facebook-sad-manipulating-emotions-socially-responsible-company

21 https://www.theguardian.com/technology/2014/jun/30/facebook-emotion-study-breached-ethical-guidelines-researcherssay

22 http://laboratorium.net/archive/2014/06/28/as_flies_to_wanton_boys

23 https://www.theguardian.com/technology/2014/jun/30/facebook-emotion-study-breached-ethical-guidelines-researchers-say

24 Cynthia E. Cryder et. Al., Misery is not Miserly: Sad and Self-Focused Individuals Spend More, Psychological Science, 2008, https://www.ncbi.nlm.nih.gov/pmc/articles/PMC4142804/#:~:text=The%20%E2%80%9CMisery%20is%20not%20Miserly,up%20to%20receive%20a%20commodity.

25 Scott I. Rick et al., The benefits of retail therapy: Making purchase decisions reduces residual sadness, Journal of Consumer Psychology, 2013

26 https://psychcentral.com/depression/depression-shopping#depression-and-shopping

27 Rik Pieters, Bidirectional Dynamics of Materialism and Loneliness: Not Just a Vicious Cycle, Journal of Consumer Research, 2013, https://asset-pdf.scinapse.io/prod/2115026252/2115026252.pdf

28 https://www.deutschlandfunk.de/schwerpunktthema-in-der-ruhe-liegt-die-kraft-100.html

29 Raichle, Marcus E., Im Kopf herrscht niemals Ruhe, Spektrum der Wissenschaft, Juni 2010. Und Raichle, Marcus E., Spontaneous Fluctuations in Brain Activity Observed with Functional Magnetic Resonance Imaging. In: Nature Reviews Neuroscience 2007

30 Kucyi, Aaron & Davis, Karen D., Dynamic functional connectivity of the default mode network tracks daydreaming, NeuroImage 2014, https://miplab.epfl.ch/BrainHack/Theory/Articles/Kucyi2014.pdf

31 https://www.deutschlandfunk.de/schwerpunktthema-in-der-ruhe-liegt-die-kraft-100.html

32 Killingsworth, Matthew & Gilbert, Daniel, A wandering mind is an

unhappy mind, Science 2010, https://www.scientificamerican.com/article/a-wanderingmind-is-an-un/
33 Basu, Avik et. al, Attention Restoration Theory: Exploring the Role of Soft Fascination and Mental Bandwidth, Environment and Behavior 2018, https://doi.org/10.1177/0013916518774400
34 https://doi.org/10.5465/AMBPP.2018.121 / https://www.eurekalert.org/news-releases/603989
35 https://www.bitkom.org/Presse/Presseinformation/SocialMedia-Jeden-Zweiten-aergern-gelesene-aber-ignorierte-Nachrichten.html
36 https://www.nytimes.com/2022/03/28/science/social-media-teens-mental-health.html
37 https://www.nature.com/articles/s41467–022–29296–3 (Fig 4)
38 https://www.nytimes.com/2022/03/28/science/social-media-teens-mental-health.html

4. Die Kriminalität

1 https://www.youtube.com/watch?v=vOHXGNx-E7E
2 http://www.krimlex.de/suche_artikel.php?KL_ID=202
3 https://www.spiegel.de/netzwelt/web/suizid-von-amanda-todd-nach-cybermobbing-niederlaender-in-kanada-vor-gericht-a-0263eb9f-645c-4996-b6a2-cac12abab565
4 https://www.cbc.ca/news/canada/british-columbia/aydin-coban-sentencing-october-14–1.6616874
5 https://www.sueddeutsche.de/karriere/cyber-mobbing-unter-schuelern-gemeinheiten-bis-zur-bewusstlosigkeit-1.1076354
6 Polizei für dich, ein Projekt der Polizeilichen Kriminalprävention der Länder und des Bundes: https://www.polizeifuerdich.de/deine-themen/handy-smartphone-internet/cybermobbing/
7 Weber, Max, Wirtschaft und Gesellschaft, § 9, https://mwg-digital.badw.de/wirtschaft-und-gesellschaft/1/
8 https://www.sueddeutsche.de/panorama/jugendliche-im-internet-13-prozent-der-schueler-sehen-sich-als-opfer-von-cybermobbing-1.3507917
9 Bündnis gegen Cybermobbing, Cyberlife IV – Spannungsfeld zwischen Faszination und Gefahr – Cybermobbing bei Schülerinnen und Schülern, 2022
10 https://www.barmer.de/gesundheit-verstehen/gesundheit-2030/gesunde-digitale-gesellschaft/sinus-umfrage-cybermobbing-1072142

11 https://www.vzbv.de/sites/default/files/downloads/2020/01/24/kg_20.12.2019.pdf
12 https://www.vzbv.de/sites/default/files/downloads/2020/01/24/kg_20.12.2019.pdf
13 Jaron Lanier, Zehn Gründe, warum du deine Social Media Accounts sofort löschen musst
14 https://www.law.cornell.edu/supct/html/93–986.ZO.html
15 Stechemesser, Annika, et. al., Temperature impacts on hate speech online: evidence from 4 billion geolocated tweets from the USA, The Lancet Planetary Health 2022, https://doi.org/10.1016/S2542–5196(22)00173–5
16 A. Stechemesser, L. Wenz, M. Kotz, A. Levermann (2021): Strong increase of racist tweets outside of climate comfort zone in Europe. Environmental Research Letters. https://doi.org/10.1088/1748–9326/ac28b3
17 https://www.isdglobal.org/wp-content/uploads/2021/08/HateScape_v5.pdf
18 Saha, Koustuv et. al., Prevalence and Psychological Effects of Hateful Speech in Online College Communities, Proceedings of the ACM Web Science Conference 2019, https://doi.org/10.1145%2F3292522.3326032
19 https://www.theguardian.com/lifeandstyle/2019/nov/01/call-out-culture-obama-social-media
20 https://mollymcpherson.com/episode212/
21 https://www.medienanstalt-nrw.de/fileadmin/user_upload/Neue-Website_0120/Medienorientierung/Cybergrooming/211216_Cybergrooming-Zahlen_Praesentation_LFMNRW.pdf
22 https://www.bundestag.de/webarchiv/Ausschuesse/ausschuesse19/a06_Recht/anhoerungen/stellungnahmen-665970 (Holger Kind, Seite 6 unten)
23 https://www.juuuport.de/ratgeber/cybergrooming
24 https://www.juuuport.de/ratgeber/cybergrooming

5. Die Freiheit

1 https://www.derstandard.at/story/2000021099309/madeleine-alizadeh-die-bloggerin-die-nicht-mehr-laenger-zusehen-wollte
2 https://www.deutschlandfunkkultur.de/arabischer-fruehling-von-der-virtuellen-zur-realen-100.html

3 https://www.spiegel.de/politik/ausland/arabischer-fruehling-ein-tag-des-zorns-fuenf-jahre-enttaeuschung-a-1073451.html

4 https://www.deutschlandfunk.de/revolution-online-100.html

5 »When people do post stuff trying to defend Amber Heard, they will lose followers. A lot of major content creators probably don't even care about it that much – they just care about the views that it gets.« https://www.washingtonpost.com/technology/2022/06/02/johnny-depp-trial-creators-influencers/

6 https://www.spiegel.de/wissenschaft/mensch/wie-soziale-netzwerke-meinungsbildung-beeinflussen-a-1048991.html

7 Lerman K., Yan X., Wu X.-Z., (2016) The »Majority Illusion« in Social Networks. PLoS ONE 11(2): e0147617. https://doi.org/10.1371/journal.pone.0147617

8 https://www.memri.org/tv/asmaa-mahfouz-organizer-demonstrations-egypt-talks-about-her-decision-use-facebook-take-action

9 https://www.spiegel.de/ausland/iran-schraenkt-internet-massiv-ein-zahl-der-toten-steigt-auf-acht-a-da035d97-f472–4c9a-a674-d82589c25119

10 https://www.spiegel.de/ausland/frauen-ueber-die-proteste-in-iran-wir-werden-keine-ruhe-geben-a-c0c3c8c0-f6fe-43baa042–6396094ed186

11 https://www.frauen-macht-politik.de/fileadmin/Dokumente/Downloads/Publikationen/Social-Media-Leitfaden_HWK.pdf

12 https://interaktiv.tagesspiegel.de/lab/social-media-dashboard-bundestagswahl-2021/

13 https://www.spiegel.de/netzwelt/apps/blackout-tuesdayinstagram-traegt-schwarz-a-a77ea135-e1a8–47c8–9205–681754605c2c

14 https://www.derstandard.de/story/2000119012080/warumfrauen-derzeit-schwarz-weiss-fotos-auf-instgram-posten

15 Leander Andres et. al., Trägt die Fridays-for-Future-Bewegung zum politischen Klimawandel bei?*, Big Data Economics mit Hilfe von Mobilfunk-, Schulstreik-, (Social-)Media-, Wetter- und Fußballdaten, ifo Schnelldienst, 2022, https://www.ifo.de/publikationen/2022/aufsatz-zeitschrift/traegt-die-fridays-future-bewegung-zum-politischen

16 https://www.zeit.de/campus/2019-02/fridays-for-future-luisa-neubauer-organisatorin-demonstration-schueler-klimaschutz

17 https://www.20min.ch/story/afd-geht-mit-matterhorn-auf-stimmenfang-569374760835
18 https://www.instagram.com/p/CkxyY1eIBor/
19 https://www.instagram.com/p/ClNyKmpKJQe/
20 Marietta Slomka, Nachts im Kanzleramt, Droemer 2022

6. Bewusster online und freier leben

1 https://www.annabelle.ch/leben/sophie-passmann-ich-kann-buecher-schreiben-und-gleichzeitig-ein-suesses-foto-posten/
2 https://www.oracle.com/de/big-data/what-is-big-data/